・衛斯理小說典藏版 37・

犀照

衛斯理
親自演繹衛斯理

《犀照》

新之又新的序言，最新的

衛斯理小說從第一次出版至今，歷時已近半世紀，總共出了多少正版，還能計得清，若是連盜版一起算，那就算找外星人來算，也算勿清楚哉！不知能不能也算世界紀錄。

算得清好，算勿清也好，能幾十年來不斷出新版，說明不斷有讀者加入，對作者來說，沒有更值得高興的事了，謝謝所有喜歡衛斯理的人，謝謝謝謝。

倪匡

二〇二〇年六月四日 香港

幾句話

寫了四十多年小說，論者將拙作分為三個時期：早、中、晚。在明窗出版的一批，屬於早期和中期的上半。三個時期的創作風格有相當程度的不同，所以風評不一。本人並無偏愛，但讀友對早期的作品，頗有好評，大抵是由於在早、中期作品之中，主要人物精力充沛，活力無窮，所以使故事曲折多變，小說也就格外吸引。明窗出版社此次重新出版這批作品，正好讓大家來證明這一點。

四十餘年來，新舊讀友不絕，若因此而能有新讀友，不亦快哉！

倪匡

二〇〇五年十一月六日

序言

可愛的、令衛斯理有時見到他也不免頭痛的少年溫寶裕，在這個故事中首次出現。《犀照》這個故事，也可以説是「溫寶裕出世記」，像《封神榜》中哪吒出世一樣，從此有了這個性好胡思亂想、常有匪夷所思想法、又膽大妄為、行動完全出格的少年人，在衛斯理故事中翻江倒海，大展拳腳。以後的許多故事，都和他有關，而且環繞着他，又發展出不少別的人物來，都性格鮮明，可以有點故事在他們身上發展。

這個故事中的胡懷玉博士，是不是真的患了病，還是遭到了不知名生物的侵入？近幾年來，令得人人談虎色變的、破壞人類先天免疫能力的那種病毒，有報道說是從實驗室中不小心「逃」出來的——如果這項報道屬實，那麼胡懷玉的憂慮，就大有道理。

實用科學能解釋的東西太少，所以在許多情形下，需要幻想，在幻想的基礎上，科學能進一步發展；若囿於現在實用科學所能知的，連幻想一下都沒有可能了。

幻想是主，科學是副！

衛斯理（倪匡）

一九八七年三月廿九日

目錄

第一部

從南極寄來的一塊冰

那天，在一個宴會上，一位美麗的女士忽然對我說：「你們寫故事的人真好，好像可以認識各種各樣的古怪人物，什麼人都可以在你們筆下出現。」

我笑而不答，對一個珠光寶氣、體態因為不肯在食用上稍為犧牲一點而變得肥胖、有進一步的趨勢變為臃腫的女士，很難解釋一個比較複雜的問題。或許她的智慧十分高，但是由於長期來太過優裕的生活，使她沒有多動腦筋的機會，所以自然會變得不甚靈敏。

我這樣說，絕對沒有輕視這類女士的意思，只不過指出事實。

而事實的另一點是，那位美麗的女士，真是十分美，她的美貌，遠在她身上所佩戴過量的名貴飾物之上，可是她自己卻顯然不知道，因為她正以一切可能的動作，有意無意地在炫耀她手上的一隻極大的翡翠戒指，而忽略了她那帶着三分稚氣的動人的笑容。

我沒有說什麼，在座的一位男士卻代我反駁：「其實，衛先生筆下的人物，也只不過是普通人，只不過他在一個普通人身上，發掘出古怪的事情來。」

那位美麗的女士不服氣：「普通？他連神仙都認識，還說普通？」

那位男士顯然知道對方所指的「神仙」是什麼人，所以立即回答：「你是說賈玉珍？當衛先生認識賈玉珍的時候，他並不是神仙，只不過是一個古董商人，如果當時衛先生以低價把那扇屏風賣給了他，那麼以後再有什麼事發生，自然和衛先生也不發生任何關聯。」

美麗的女士顯然是她說什麼人家就一定附和她的意見慣了，所以一旦遇到了反駁，神情就相當不自在，她揚了揚手：「是嗎？那就是說，衛先生就算遇上了一個最平凡的人，也可以在他身上發掘出一個奇特的故事？」

我對於這種爭論，不是十分喜歡，一面喝着酒，一面道：「我倒有點像日俄戰爭時的中國。」

那位男士笑了起來，他聽懂我的話，可是那位女士卻睜大了眼，分明不懂，我也懶得解釋，要告訴她日本和俄國打仗，戰場卻是在中國，看來相當吃力，可是那位女士卻還不肯就此干休：「衛先生，我看你就不能在我先生身上，發掘出什麼奇特的故事來。」

我微笑道：「恐怕不能。」

事實上，我根本不知道這位美麗華貴的女士的先生幹什麼，連她是什麼人，我也不知道，我順口這樣說，是根本不想把這個話題持續下去。

而那位女士卻連這樣的暗示都不明白，神情像是一個勝利者：「看，是不是？」

那位男士有意惡作劇，要令這位女士繼續出醜，他問：「你先生是……」美麗的女士的口部，立刻成了一個誇張的圓圈，彷彿人家不知道她丈夫是誰，是一種極度的無知。

席中另有一個看來相當溫文的長者，在這時道：「溫太太是溫家的三少奶奶。」

我和那位男士，不禁一起笑了起來，「溫家三少奶奶」又是什麼玩意兒？這似乎是一些人的通病，自己以為有了點錢，全世界就該知道他們是什麼人。當然，真到了奧納西斯、侯活曉士或洛克斐勒，自然有權這樣，可是一些小商人，真是，請原諒他們，但是笑還是忍不住。

我和那男士一面笑，一面互相舉了舉杯表示我們都明白各自笑的是什麼。

那位老者又道：「溫家開的，是溫餘慶堂。」

我眨了眨眼睛：「聽起來，像是一間中藥店。」

那男士也學我眨了眨眼睛：「多半還發售什麼諸葛行軍散之類，百病可治的獨步單方成藥。」

那位男士說着，放肆無禮地哈哈大笑，抱着我：「中藥店的掌櫃，衛先生，我承認，只怕你也不能從蟬蛻、桔梗、防風之中，發掘出什麼奇特的故事了，算我說得不對吧！」

那位男士在他的言語之中，表現了明顯的輕視，令得闔座失色，那位美麗的女士，更是一陣青一陣白，下不了台。

我只好替她解圍：「那也不見得，事實上，任何人都可以有奇特遭遇。」

那位男士道：「是嗎？中藥店掌櫃，哈哈，哈哈！」

他一面笑着，一面站了起來，把杯中的酒一口喝乾，向着我說：「很高興認識你，我姓羅，叫羅開。」

這位男士一說出名字來，我震動了一下。這個人的名字，對在座的其他人來說，一點意義也沒有，但是我卻知道他是一個傳奇人物，有着一個古怪的、不是現代人應該有的外號：「亞洲之鷹」。他也有許多極神奇的經歷，我很想認識這個人。

本來，我頗對他的這種肆無忌憚的神情有點不以為然，但既然知道了他是什麼人，以他這樣的人而言，自然有資格這樣做。

我也站了起來，向他伸出手去，我們握着手，他笑着，他有着十分英俊深刻的臉譜，說的話也更不客氣：「衛先生，我看我們可以另外找一處地方談談，今天我有空。」我即道：「好，很高興能夠認識你。」我來參加這個宴會，只是因為宴會主人是白素一個遠親，左託右請，非要我來不可，本來就索然無味。想不到會在這裏遇上有「亞洲之鷹」之稱的羅開，這真是意想不到的高興。

其餘的人，自然不必再打什麼招呼了，羅開先轉身向外去，我也跨出了一步，可是就在這時，有人拉住了我的衣角，同時，我也聽到了一個少年人在叫我：「衛先生，衛先生。」

我回頭看了一下，看到一個十二三歲的少年，正睜大眼睛望向我。是一個十分俊美的少年，而且，看他臉上的神情，像充滿了無數疑問。

我正在想問他有什麼事，那位美麗的女士已經用聽來美麗的聲音叱道：「阿寶，放開手，人家衛先生說不定趕着去見外星人，你拉住他幹嗎？」

我皺了皺眉，向那位美麗的女士看去，她權威地盯着那少年。

那少年神情十分為難：「媽，我……」

那位美麗的三少奶奶又喝道：「放手！」

那少年放了手，我在他的肩頭上拍了一下：「別難過，小朋友，我見過很多想把他們自己的無知加在下一代身上的人，不過，可以告訴你，他們不會成功。」

當時，我急於和羅開這個傳奇性人物去暢談，而且也不知道這個溫家的少年有什麼事，所以只想脫身，而且我的話，也已令那位三少奶奶的神情難看之至，連她的美麗也為之遜色。

我說着，又想離開，那少年卻哀求道：「衛先生，我想……我想……」

我笑了起來：「我現在有事，小朋友，我答應，你有事可以來找我，好不好？」

他神情有點無可奈何，咬着下唇，我不再理會他，轉過身去，卻已不見羅開，我忙走出了那家飯店，也沒有看見到他。

在飯店門口等了片刻，他仍然沒有出現，這個人真是神龍見首不見尾！

我站在玻璃門外，心中自然不很高興，因為像羅開這種傳奇人物，行蹤飄忽，不是有那麼多偶遇的機會。錯過了這次機會，不知道何年何月，才能再見。

我決定不了是不是再回去找他，遲疑着半轉過身去，卻看到剛才拉住我的那個少年，正飛快地向外奔來，幾乎是一下子就衝到了門前。

由於他向前衝來的速度極快，玻璃門自動開關，開門的速度配合不上，眼看他要重重地撞在門上，門旁的司閽發出驚叫聲，嚇得呆了，不懂得如何去阻止這個少年。

我在玻璃門外，全然無能為力，門旁還有幾個人，也都只是在怔呆。我知道用這樣大的衝力，撞向一扇玻璃門，可能造成相當嚴重的傷害，可是也只好眼睜睜地看着。

就在這時，一個人以極快的身法，也不知道他從什麼地方閃出來，一下子就擠進了那少年和玻璃門之間不到半公尺的空間。

少年重重撞在那人的身上，那人受了一撞，身子連動都沒有動，雙手已按住了那少年的雙肩。

雖然這時，那人還只是背對着我，但是我已經可以認出這人正是羅開。這時，他身後的玻璃門打開，那少年人不知向他說了一句什麼，就匆匆走出門，逕自向我走來。

羅開也轉過身，我向他揚了揚手，他卻向我急速地做了手勢，我一看就認出他是在用聾啞人所作的手勢在對我說話，他在告訴我，忽然之間，有了重要的事，我們只好下次再長談了。

他打完了手勢，轉身就向前大踏步走了開去，一下子就轉過了彎角，看不見了。

那時，那少年也已來到了我的身邊，仰起了頭，望定了我。

我語音之中，帶着責備：「剛才不是那位先生，你已經撞在玻璃上了。」

那少年喘着氣：「我……怕你已經走了，心裏急……所以……所以……」

我揮着手：「不必解釋了，你有話要對我說？」

少年用力點頭。我向前走出了幾步，在飯店門口的一個噴水池邊，坐了下來。少年來到我的身前，搓着手，我向他望去，他突然沒頭沒腦地問：「這池水中，是不是有許多我們看不見又不了解的東西？」

我怔了一怔，一時之間，還真不知道他這樣問是什麼意思。

他又道：「我是說，世上是不是每一個角落、每一個空間，都充滿了我們看不到又不知道的東西。」

人的思想，據說，隨着年齡的增長而逐步變得成熟，但是我卻一直認為，人的思想在「不成熟」的時候，有更多古怪的想法。這種古怪的想法，甚至出現在兒童的言行之中，很多成年人不會贊同或喜歡，責之為不切實際，但這種古怪的想法，在很多時候，卻是促進人類思想行為進步的原動力。

眼前這個少年，顯然有他自己的想法，不是一個普通的、沒有頭腦的少年，他問的問題，已經重複了兩次，我還是不甚明白他究竟想問什麼，可是看他問得這樣認真，我也絕不想敷衍了事。

（在這時候，我十分自然地想起了一個人來，這個人是李一心。當他還是少年的時候，他的言行看來是不可理解的、怪誕的，甚至他自己也不能理解。但是等到後來事情真相大白時，才知道他有重大的使命，這事給我的印象十分深刻。）

（有關李一心的事，記載在《洞天》這個故事之中。）

這使我對眼前這個少年，也不敢怠慢：「你究竟想問什麼？我不是很明白。」

那少年向我望來，神情像是不相信，口唇掀動了兩下，才道：「衛先生，你不是什麼全都知道的嗎？」

我攤了攤手：「我從來也未曾宣稱過我什麼都知道，世上也決不可能有人什麼都知道。如果你想知道些什麼，那麼你至少要在問人的時候，把問題說清楚。」

那少年出現十分失望的神情來：「我認為已經說得夠清楚了。」

我心中不禁有點冒火，正想再說他幾句，他的母親——那位美麗的溫家三少奶奶，已經出現在飯店的門口，大聲叫：「阿寶。」

雖然她體形略胖，符合女高音歌手的身型，可是附近的人，顯然都想不到，她會發出如此宏亮可怕的一下叫聲，以至二十公尺的範圍之內，人人停步，用錯愕的神情向她望着。而她卻泰然自若，又發出了第二下更有過之的叫聲。

那少年皺了皺眉，匆匆道：「我實在已問得夠清楚了，我是說……」

我打斷了他的話頭：「你快去吧，不然，你母親再叫幾下，這座三十多層的建築物，可能被她的叫聲震坍。」

那少年苦笑了一下，轉過身，向他的母親走了過去，一輛由司機駕駛的大房車駛了過來，他們兩母子上了車，車子駛了開去。我看到那少年在車中向我揮着手，可是他的母親卻用力將他揮着的手，拉了下來。

我倒很有點感觸，那個叫「阿寶」的少年，有他自己的想法，可是他的母親……他雖然生長在一個十分富裕的家庭之中，可是不一定快樂，至少，沒有什麼人可以和他討論他心中古怪的想法。

我慢慢站了起來，望着噴水池，又把那少年剛才的問題想了一遍，仍然不明白他想了解什麼。他問的是：是不是每一個空間中，都充滿了我們看不到又不了解的東西？這種說法，相當模糊，什麼叫「看不到又不了解的東西」？幾乎可以指任何東西！譬如說，空氣中的細菌，看不見，也不見得對之有多少了解。細菌或者還可以通過顯微鏡來看，有形體，空間之中，有更多沒有形體的東西，如電波、無線電波等等。或者沒有形體的，就不能稱之為「東西」；那麼，他究竟是指什麼而言？我在回家途中，還是一直在想。他迫切想在我這裏得到一個疑問的答案，而我未能滿足他，這多少使我感到歉然。

回到了家中，我和白素談起了這少年，白素想了片刻：「少年人有很多奇妙的想法，而又沒有一個系統的概念，所以無法化為語言或文字，使別人理解他們究竟在想什麼。」

她停了一停：「我們也都曾經過少年時期，你在少年時，想什麼？」

我吸了一口氣：「在我們那個時代，少年人的想法比較單純，我只想自己會飛，會隱身法，做一個鋤強扶弱的俠客，你呢？」

白素用手托着頭，緩緩地道：「我只想知道，宇宙之外，還有什麼。」

我伸了伸舌頭：「真偉大，這個問題，只怕十萬年之後，也不會有答案。」

白素低嘆了一聲：「人生活在地球上，地球是宇宙中微不足道的一粒塵，可是人的思想，卻早已在探索宇宙究竟有多大、宇宙之外是什麼？誰說人的思想受環境的約束限制？」

我也大為感嘆：「當然，人的思想無限，就像宇宙無限一樣。」

和白素說了一會，仍然不知道那少年想弄明白什麼，自然，我有各種各樣的事情要做，對於一個少年人詞意不清的問題，不可能長久擱在心上，沒有幾天，我就忘記了這件事。

大約是在七八天之後，那天晚上，我遇到了一件難以形容的事，為了那件事，花了我將近一下午時間。到我回家時，車子駛到住所門口，就看到了一輛大房車停在門口，我知道有客人來了。

這時，我正為了那件事，作了許多設想，由於事件的本身有點匪夷所思，弄得頭昏腦脹，不想見客人，所以我考慮了一下，是不是停了車之後，從後門進去，就可以避不見人。

可是就在這時，門打開，白素聽到了車聲，知道我回來了，她在門口，向我作了一個手勢，示意我進去。我下了車，走向門口，心情十分不耐煩：「什麼人？我不想見人。」

白素笑了一下：「一對夫妻，只怕你非見不可，他們指控你教唆他們的兒子偷盜。」

我呆了一呆，我什麼時候教唆過別人的兒子偷盜？一面想，一面走了進去，一眼就看見到了那個美麗的女士，不見十多天吧，她的體重，好像又大有增進。要命的是她還不知道，穿了一件窄身的鮮綠色衣服，看起來十分怪異。

除了她之外，還有一個中年人，看起來很老實木訥，雙手緊緊握着，愁眉不展。

看到了那美麗的女士，我就想起那個少年，難道是那少年去偷了人家的什麼東西？

如果我不是有事在身，倒可以幫他們勸那少年一下，可是如今，我被那件怪事，正纏得頭大如斗，沒有興趣來充當義務少年感化隊員。

我向他們看了一眼，就逕自走向樓梯，那男人站了起來：「衛先生，我是溫大富，溫寶裕的父親。」

我心中咕噥了一句「關我什麼事」，腳已跨上了樓梯，頭也不回：「我們好像並不認識，對不起，我有事，沒有空陪你。」

一面說着，一面已經走上了樓梯，溫先生沒有說什麼，可是溫太太卻叫了起來：「阿寶說，是你教他偷東西的，衛先生，你可太過分了。」

這位女士雖然美麗，可是她的話，卻真叫人無名火起，我仍然向上走着，一直等上了樓梯，我才轉過身來，直指着門口，喝道：「出去。」

我沒有在「出去」之上，加上一個「滾」字，那已經再客氣也沒有了。

那位女士霍地站了起來，仍然維持着那樣的尖聲：「我們可以報警。」

我真是忍無可忍：「那就請快去。」

我當然絕不會再多費唇舌，立刻走進了書房，把門關上。

在這裏，應該先敘述一下那件無以名之的事。因為這件事，總比一個出身富裕之家的少年偷東西，而少年的父母在慌亂之餘，胡亂怪責人這種事要有趣得多了。

而且，我確信白素可以對付那一雙夫妻，要是他們再不識趣的話，白素可以把他們在半秒鐘之內摔到街上去。

事情發生在中午，我正在書房裏，查閱一些有關西伯利亞油田的資料，那是蘇聯的一個大油田，石油產量佔全蘇產量一半以上——我為什麼忽然會查起這個油田的資料來，那又是另外一回事情。

在那時候，放在抽屜中的一個電話，響了起來。我有一具電話，放在抽屜中，這具電話的號碼，只有幾個極親近的朋友才知道，所以只有他們才會打這個電話給我。我拉開抽屜，取起電話來，卻聽到一個陌生男人的聲音：「請問衛斯理先生在不在？」我皺着眉頭，應了一聲：「你是……」

一面問，一面心中已極不高興，不知道何以這個電話號碼會到了一個陌生人的手裏。

那邊那聲音忙道：「我姓胡，是張堅先生叫我打電話給你的。」

我立時「哦」地一聲，張堅，那個長年生活在南極的科學家，是我的好朋友，他最難聯絡，就算幾經曲折，電話接通了他在南極的研究基地，也十次八次都找不到他。

張堅通常會往遠離基地的冰天雪地之中，或者在一個小潛艇中，而這個小潛艇，又在南極幾十尺厚的冰層之下航行，甚至沒有人知道他是不是還會活着再出現，因為他的行動，每一秒鐘，都可以有喪生的危險。

上一次，他的弟弟張強，在日本喪生，我們都無法通知他，一直到他和我聯絡，才把這個不幸的消息告訴了他。可是他仍然不肯離開南極。

要是他高興，他會不定期地聯絡一下，可是我也行蹤不定，他要找我，也不容易，所以長年音信不通，而他託人打電話給我，這種事，倒還是第一次。

所以，我一聽得對方那麼說，就知道一定有不尋常的事發生。

我忙道：「啊，張堅，他有什麼事？」

對方遲疑了一下，才道：「衛先生，我看你要到我這裏來一次，電話裏，實在講不明白。」

我說道：「講一個梗概總可以吧。」

對方又遲疑了一下——我不很喜歡講話遲遲疑疑的人，所以有點不耐煩的「哼」了一聲，對方才道：「張堅交了一點東西給我，這東西起了變化，張堅在寄東西給我的時候曾說過，如果他寄給我的東西，發生了變化，那就一定要通知你。」

我又哼了一下：「他寄給你的是什麼東西？發生了什麼變化？」

對方嘆了一聲，「衛先生，我不知道，一定要你來看一看才行。」

我心想，和這種講話吞吞吐吐的人在電話裏再說下去，也是白費時間，看在張堅的份上，不如去走一次，我就向他問了地址。

這個人，自己講話不是很痛快，可倒是挺會催人：「衛先生，請你愈快愈好。」

我放下電話，把一根長長的紙鎮，壓在淩亂的資料上，以便繼續查看時不會弄亂，就離開了住所。當我離開的時候，白素不在，我也沒有留下字條，因為我在想，去一去就可以回來，不是很要緊的。

那人給我的地址，是在郊外的一處海邊，他特地說：「那是我主持的一個研究所，專門研究海洋生物的繁殖過程，我是一個水產學家。」

我一面駕車依址前往，一面想不通南極探險家和水產學家之間，會有什麼關係。

那人的研究所所在地相當荒僻，從市區前去，堪稱路途遙遠。

車子沿着海邊的路向前疾駛，快到目的地，我才吃了一驚：這個研究所的規模極大，遠在我的想像之外。

幾乎在五公里之外，海邊上已到處可以見到豎立着的牌子，寫着警告的字句：「此處是海洋生物研究所研究地點，請勿作任何破壞行為。」

就在我居住的城市，有這樣一個大規模的海洋生物研究所，這一點，頗出乎我的意料。我向海岸看去，可以看到很多設施，有的是把海岸的海牀，用堤圍起來，形成一個個長方形的池，飼養貝類海洋生物。有的建築了一條相當長的堤，直通向大海，在長堤的盡頭，有着屋子，那當然是為觀察生活在較深海域之中的海洋生物而設。

也有的，在離岸相當遠的海面上，浮着一串一串的筏，更有的海牀，被堤圍着，顯然海水全被抽去，只剩下海底的岸石，暴露在空氣之中。

車子駛進了兩扇大鐵門，看到了這個研究所的建築物，我更加驚訝。建築物本身，不能算是宏偉，可是佔地的面積卻極廣。外面的停車場上，也停着不少輛車子，可見在這個研究所工作的人還真不少。

我在傳達室前略停了一停，一個職員立時放我駛進去，一直到了大門口，一個年紀大約三十多歲、穿着白色的實驗袍的人，便向我迎上來，一見我就道：「我就是胡懷玉，張堅的朋友。」

我下了車，和他握着手，發現他的手冷得可以，我開了一句玩笑：「張堅長年在南極，他的朋友也得了感染？你的手怎麼那麼冷？」

胡懷玉有點不好意思地搓着手，神情焦急，「請跟我來。」

我跟着他走進了建築物，由衷地道：「我真是孤陋寡聞，有這樣規模宏大的研究所在，我竟然一點也不知道。」

胡懷玉看來不是很善於應對，有點靦腆：「我們的工作……很冷僻，所以不為人注意，而且，成立不久，雖然人才設備都極好，但沒有什麼成績，當然也沒有什麼人知道。」

我隨口問：「研究所的主持人是……」

胡懷玉笑了笑，他有一張看來蒼白了些的孩子臉，笑起來，使他看來更年輕。他一面笑着，一面說道：「是我。」

那很出乎我的意料之外，在那時，我一定現出了驚訝的神色來，所以他道：「我當然不很夠資格，所以，一些有成就的水產學家，不肯到這裏來作研究工作，但我們這裏的一切設備，絕對世界第一流。有同類設備的研究所，全世界只有五家，全是由國家或大學支持的。」

他這一番話，更令我吃驚：「你的意思是，這……個研究所，是私人機構？」

胡懷玉居然點了點頭：「是，所有的經費，都來自先父的遺產，先父……」

他講到這裏，神情有點忸怩，支吾了一下，沒有再講下去。

我看出有點難言之隱，心中把胡姓大富翁的名字，約略想了一下。要憑私人的力量，來支持這樣規模的一個研究所，財力之豐富，一定要超級豪富才成。我沒有再問下去，也沒有再想下去，因為那不是我興趣範圍內的事情。

我轉入正題：「張堅寄給你的是什麼？」

他皺起了眉：「很難說，他寄來的是一塊冰。」

我立時瞪大了眼，張堅這個人，很有點莫名其妙的行動，但是，從南極寄一塊冰來給朋友，這種行動，已不是莫名其妙，簡直是白癡行徑了。

而且，一塊冰，怎麼寄到遙遠的萬里之外呢？難道冰不會在寄運途中融化嗎？

當時我的神情，一定怪異莫名，所以胡懷玉急忙道：「那些冰塊，其實不是通過郵寄寄來的，而是一家專門替人運送貴重物品的公司，專人送到的，請你看，這就是裝置那些冰塊的箱子。」

這時，他已經推開了一扇房間的門，指着一隻相當大的箱子，那箱子足有一公尺立方，箱蓋打開着，箱蓋十分厚，足有二十公分，而箱子中，有着一層一層的間隔，看起來像是保險層，箱子的中心部分十分小，足有二十公分立方左右。

胡懷玉繼續解釋：「張堅指定，這隻箱子，在離開了南極範圍之後，一定要在攝氏零下五十度的冷凍庫內運送，運輸公司也做到了這一點，所以，一直到箱子運到，我在實驗室中開啟，箱子中的冰塊，可以說和他放進去的時候，一模一樣。」

我「嗯」了一聲，耐着性子聽他解釋。

胡懷玉來到一張桌子前，打開了抽屜，取出了一封信來：「那些冰塊一共是三塊，每一塊，只是我們日常用的半方糖那樣大小，十分晶瑩透徹，像是水晶。關於那些冰塊，張堅有詳細的說明寫在信中，我看，你讀他的信，比我複述好得多。」

他說着，就把信交到了我的手中，我一看那潦草得幾乎難以辨認的字迹，就認出那是張堅寫的。信用英文寫，任何人的字迹再潦草，也不會像他那樣，其中有一行，甚至從頭到尾，都幾乎是直線，只是在每一個字的開始，略有彎曲而已。

我不禁苦笑，這時，我已開始對胡懷玉所說的三塊小冰塊，起了極大的興趣。試想想，從幾萬公里之外的南極，花了那麼大的人力物力，把三塊如同半方糖一樣大小的冰塊運到這裏來，為什麼呢？

除非張堅是瘋子，不然，就必須探究他為什麼要那樣做的原因。所以，我實在想立即拜讀張堅的那封信，可是在兩分鐘之後，我卻放棄了，同時，抬起頭來，以充滿了疑惑的語氣問：「這封信，你……看得明白？」

胡懷玉道：「是，他的字迹，潦草了一點。」

我叫了起來：「什麼潦草了一點，那簡直不是文字，連速寫符號都不如。」

胡懷玉為張堅辯護：「是這樣，信中有着大量的專門名詞，看熟了的人，一下子就可以知道是什麼，不必工整寫出來。」

我無可奈何：「那麼，請你讀一讀那封信。」

胡懷玉湊了過來：「張堅不喜歡講客套話，所以信上並沒有什麼廢話，一開始就說：送來三冰塊，我曾嚴厲吩咐過運送的有關方面，一定要在低溫之下運送，雖然箱子本身也可以保持低溫超過三十小時，希望他們做得到，我曾在三塊小冰上面，刻了極淺的紋，是我的簽名，如果溫度超過攝氏零下五十度，這些淺紋就會消失或模糊，如果是這樣，立時把三塊小冰塊放進火爐之中，因為我無法知道這些小冰塊之中，孕育着什麼樣的生命。」

胡懷玉一面讀信，一面指着信上一行一行難以辨認的草字。經他一念出來，我倒也依稀可以辨認得出來，張堅的信上，的確是這樣寫着的，尤其是那一段最後一句：「孕育着什麼樣的生命。」

我皺了皺眉：「張堅當科學家不久，忘了怎樣使用文字了。什麼叫孕育生命？冰塊又不會懷孕，怎麼會孕育生命？」

胡懷玉立時瞪了我一眼，不以為然，使我知道我一定説錯了什麼。他説道：「冰塊中自然可以孕育生命，在一小塊冰中，可以有上億上萬的各種不同的生命。」

我自然立時明白了胡懷玉的意思，「生命」這個詞，含義極廣，人是萬物之靈，自然是生命，海洋之中，重達二十噸的龐然大物藍鯨是生命，細小的蜉蝣生物，也是生命，在高倍數的電子顯微鏡之下，一滴水之中，可以有億萬個生命，這是科學家的説法，我一時未曾想到這一點，自然是我的不對，所以我一面點頭表示同意，一面作了一個手勢，請他繼續説下去。

胡懷玉繼續讀着信：「你必須在低溫實驗室中，開啟裝載冰塊的箱子，並確實檢查小冰塊上，我的簽字。」

他讀到這裏，補充了一句：「我完全照他的話去做，那三塊小冰塊在運送過程中，未曾有高於他指定的溫度，所以冰塊上淺紋，十分清晰。」我點了點頭，只盼他快點念下去，好弄明白張堅萬里運送小冰塊的目的是什麼。

胡懷玉吸了一口氣，指着信紙：「這些小冰塊，是我在南極厚冰層中採到的標本，我最近的研究課題，轉為研究生命在地球上的起源，我有一個大膽的假設，就是生命的原始形式，起源於兩極的低溫。引致我有這樣的設想，是因為現在已經有許多例子證明，低溫狀態之下，生命幾乎可以得到無限制的延長……」

我揮了一下手，打斷了胡懷玉的念讀：「這句話我不懂，你可否略作解釋？」

胡懷玉點頭：「一些科學家，已經可以把初形成的胚胎，在低溫之下保存超過十年之久，在低溫保存之下，原始的胚胎，發育過程停止，在若干時日之後，再加以逐步的解凍，把溫度逐步地提高，到了胚胎恢復活動的適當溫度，發育就會繼續。」

我「嗯」了一聲：「是，我看過這樣的記載，把受精之後的白鼠胚胎取出來冷藏，那時的胚胎，還只有四個或八個細胞，經過多年冷藏之後，再提高溫度，胚胎就在繼續變化，終於成為一頭小白鼠。」

胡懷玉點頭：「就是這樣，這不但是理論，而且已經是實踐。」

在那一剎間，我突然想到張堅信中的「冰塊孕育生命」這句話，心中不禁生了一股寒意，意識到事情的不尋常，可能遠在我的想像之上。

一時之間，我沒有說什麼，胡懷玉等了片刻，繼續念張堅的信：「所以，我假設在兩極的低溫之中，可能在有自然條件下，保存下來的生命是最早形式，我不斷採集一切有可能的標本，用我自己設計的探測儀，對採集來的冰塊作探測，那些標本，全都採自極低溫區，攝氏零下五十度或更甚，在這三塊小冰塊中，我探測到，有微弱的生命信息……」

胡懷玉向我望來，看到了我臉有疑惑之色，他不等我發問，就解釋道：「生命有生命的……」

他講了這一句話之後，立即意識到自己這樣的解釋，詞意太模糊，說了等於沒說，所以他不好意思地笑了一下：「我的意思是，生命是活動的，即使它的活動再微弱，精密的探測，還是可以感覺到它的存在，一個單細胞的分裂過程，它的活動，真是微乎其微，可是一樣可以被測得到。」

他這樣解釋，我自然再明白也沒有。胡懷玉手指在信紙上移動：「這發現使我極度興奮，可是我這裏全然沒有培育設備，無法知道冰中孕育的生命，在進一步發展之後是什麼。可能是蜉蝣生物，可能是水螅，可能是任何生物，也有可能是早已絕了種的史前生物。所以我要把冰塊送到你的研究所來，你那裏有完善的設備，可供冰塊中生命的原始形態繼續發展下去。」

「由於我們對生命所知實在太少，所以我提議一有意外，立即停止，如果意外已到了不可控制的階段，那麼盡快和我的一個朋友聯絡，他的名字是衛斯理，電話是……」

胡懷玉念到這裏，我已經大吃一驚。張堅的信上說「如果意外已到了不可控制的階段」，就要胡懷玉和我聯絡。如今胡懷玉找到了我，當然是有了意外，而且已經到了「不可控制的階段」了，這令人吃驚，難道胡懷玉已經從那三塊小冰塊中，培育了什麼怪物來了嗎？

這倒真有點像早期神怪片中的情節了：科學家的實驗室中，培育出了怪物，怪物不可遏制地生長，變得碩大無朋，搗毀了實驗室，衝進大城市，為禍人間。

我本來真的十分吃驚，可是一聯想到了這樣的場面，不禁笑了起來，如果真是這樣的話，那真是滑稽詼諧之至。衛斯理大戰史前怪物！真是去他媽的！

所以，我立時恢復了鎮定：「那麼，現在，出現了什麼不能控制的意外？」

胡懷玉皺了皺眉，像是一時之間，十分難以解釋，我耐心等了他一會，他才道：「還是一步一步說，比較容易明白。」

第二部

效法古人燃燒犀角

看他的神情，雖然遭到了困擾，但看起來並不嚴重，大約不會有「史前怪物」出現的危險，那就由着他一步一步來說好了。

他又停了片刻，才道：「攝氏零下五十度，其實不足以令得胚胎停止生長，張堅用了這個溫度，是他採集了冰塊之後，只能用這個溫度來維持，這也是他為什麼可以通過探測儀，測到冰塊中有生命的原因。若是生命在完全靜止的狀態之中，當然也可以測知，但是卻複雜得多。」

我來回踱了幾步：「我明白你的意思，冰塊中的生命，在被採集了之後，已經在開始繼續生長，並不像它在未被採集之前，完全靜止。」

胡懷玉忙道：「是。不過在那樣的溫度之下，生長的過程十分緩慢。」

我真有點心癢難熬，忍不住問道：「那麼，經過你在實驗室的培育，生出了什麼東西來了？史前怪物，還是九頭恐龍？」

胡懷玉皺了皺眉，並沒有直接回答我的問題，只是道：「請你到實驗室中去，在那裏，解釋起來，比較容易。」

我只好跟着他走了出去，一路上，有不少研究所中的工作人員和他打招呼，但是胡懷玉卻看來心神不屬，愁眉苦臉，轉了一個彎，來到了一扇門口，門口掛着一塊牌子：「非經許可，嚴禁入內。」

胡懷玉取出了鑰匙，打開了門，和我一起走了進去。

門內是一間實驗室，看來和普通的實驗室，並沒有什麼不同，全是各種各樣的儀器。所不同的是，有一個相當大的玻璃櫃子，那玻璃櫃上，有一個架子，乍一看去，架子上空空如也，什麼都沒有，但仔細湊近去看，就可以看到，在那架子上，有三塊小冰塊，真是只有半方糖那樣大小。而在玻璃的儀表上，可以看到櫃內的溫度，是攝氏零下二十九度。

我指着櫃子：「就是這三塊小冰塊？」

胡懷玉點了點頭。

我用盡目力看去，冰塊看起來晶瑩透徹，就像是水晶，在冰塊內，什麼也沒有。

我看了一會：「裏面什麼也沒有。」

胡懷玉忙道：「自然，細胞，肉眼是看不見的。」

他說着，推過一具儀器來，按動了一些掣鈕，在櫃子裏面，有一組類似鏡頭似的儀器，伸縮轉動着，他則湊在櫃外的儀器的一端，觀察着，然後，向我作了一個手勢，示意我留意儀器上的一個熒光屏：「放大了三萬倍。」

我向熒光屏望去，看到了一組如同堆在一起的肥皂泡一樣的東西。

胡懷玉道：「看到沒有，細胞的數字已經增長到了三十二個了，溫度每提高一度，在二十四小時之內，就會成長增加一倍，細胞的分裂成長速度還是相當慢，可是幾何級數的增長，速度十分驚人。」

我指着熒光屏：「現在，可以知道那是什麼生物？」

胡懷玉道：「當然還不能，幾乎所有生物，包括人在內，在那樣的初步階段，都是同樣的一組細胞，等到成形，還要經過相當的時日。把溫度提高的速度增加，可能會快速一些，但我又怕會造成破壞。」

我不由自主，眨了眨眼睛，整件事，真有它的奇詭之處在。

試想想，來自南極，極低溫下的冰塊之中，有着不知是什麼生物的胚胎的最早形式，本來，完全靜止，溫度緩慢提高，它又開始了生命成長的活動，終於會使活動到達終點，出現一個外形，是一種生物。而這種生物完成牠的發育過程，究竟是什麼樣子的東西，全然無法在此時預測。自然，像胡懷玉這樣的專家，不必等到牠發育完全成熟，就可以辨認出那是什麼東西來，但至少在目前階段，神秘莫測。胡懷玉又移動了一下儀器，熒光屏閃了一閃，又出現了同樣的一組細胞來。他道：「兩塊冰中的生物，看來一樣。」

我心中想，胡懷玉不知道找我幹什麼，看起來，並沒有什麼意外發生，更別說有什麼「不可控制」的意外。

在這時，胡懷玉的神情，卻變得十分凝重，他苦笑，又操縱着那具儀器，熒光屏閃動着，停了下來，是一片空白。

他道：「看到了沒有？」

我愕然：「看到什麼？什麼也沒有。」

胡懷玉的神情更苦澀：「就是不應該什麼都沒有。」

我不明白他這樣說是什麼意思，望定了他。他吸了一口氣，走向另一組儀器，按下了不少掣鈕，那組儀器上也有着一個熒光屏，着亮了之後，可以看到模糊的、三組泡沫似的東西。

胡懷玉道：「這是上次分裂之前，我拍攝下來的。當然，我已經發現第三組，和第一二組，有着極其細微的差別。」

接着，他指出了其中的幾處差別，在我看來，雖然經過了他的指出，但還是無法分辨得出有什麼分別。我問：「你的意思是，三塊冰塊之中，有兩塊一樣，而另一塊，將來會出現另外一種生物。」

胡懷玉用力點着頭，神情更苦澀：「可是，那應該是另一種生物……現在卻不在冰塊之中……牠……消失了。」

當他說到後來，簡直連聲音也有點發顫，看起來事情好像嚴重之極。可是我卻一點也不覺得什麼，肉眼都看不到的生物初形成，不見了就不見了，有什麼好大驚小怪？

我道：「或許，在溫度提高的過程中，令得牠死亡了？」

胡懷玉嚥了一口口水：「就算是死亡了，死了的細胞也應該在，不應該什麼都沒有。」

我攤開了雙手：「那你的意思是……」

胡懷玉深深地吸了一口氣：「我認為牠……已完成了發育過程，離開了冰塊。」

我更不禁好笑：「離開了冰塊，上哪兒去了？」

胡懷玉態度之認真，和我的不當一回事，恰好成了強烈的對比，他道：「問題就是在這裏，牠到哪裏去了，全然不知道。」

我仍然笑着：「那麼就由牠去吧。」

胡懷玉嗖地吸了一口氣：「由着牠去？要知道，沒有人知道那是什麼。」

我隨口道：「沒有人知道又有什麼關係，不管牠是什麼，牠小得連肉眼都看不見。」

當我講到這裏的時候，我陡然住了口，剎那之間，我知道胡懷玉何以如此緊張，感到事態嚴重。

如果真如胡懷玉所説，牠已經完成了發育，離開了冰塊，由於全然不知道那是什麼，那真值得憂慮。

由於三流幻想電影的影響，很容易把史前怪物想像成龐然大物，一腳踏下，就可以令一座大廈毀滅，不容易想到，就算是小到肉眼看不到的微生物，一樣極其可怕和危險。如果那是一種細菌，一種人類知識範圍之外的細菌，自冰塊中逸出，在空氣中分裂繁殖，而這種細菌對人體有害，那麼，所造成的禍害，足可以和一枚氫彈相比擬，或者更甚。

我的笑容殭在臉上，形容變得十分怪異。胡懷玉望着我：「你也想到，事情可能嚴重到什麼程度！」

我不由自主，吞下了一口口水，聲音有點發殭：「這件事……這件事……是一個極端，可能一點事也沒有，可能……比爆發十枚氫彈還要糟糕。」

胡懷玉點着頭：「是的，可能一到了空氣之中，牠就死了。」

我突然之間，又感到了十分滑稽：「如果牠死了，當然無法找到牠的屍體。」

胡懷玉苦笑：「當然不能，怎麼能找到一個細菌的屍體？」

他頓了一頓，又道：「如果他在空氣之中，繼續繁殖，由於根本不知道牠是什麼東西，以後的情形，會作什麼樣的演變，也就全然不可測。」

我道：「甚至全然不可預防。」我說到這裏，實在忍不住那種滑稽的感覺，竟然哈哈大笑了起來，逃走了一隻不知名的細菌，人是萬物之靈，有什麼方法去把牠捉回來？可是在笑了三四下之後，我又笑不出來，因為後果實在可以十分嚴重，誰知道在南極冰層下潛伏了不知多少年的是什麼怪東西？

這情形，倒有點像中國古代的傳說：一下子把一個瘟神放了出來，造成巨大的災害。

我又笑又不笑，胡懷玉只是望着我，我吸了一口氣：「胡先生，我們一點辦法也沒有……只是我有點不明白，冰塊還在，在冰塊中的生物，如何……可以離開冰塊？」

胡懷玉道：「當然可以的，只要牠的形體小到可以在冰塊中來去自如，也就可以逸出去。」

我指着那櫃子：「看來這櫃子高度密封，牠離開了冰塊之後，應該還在那櫃子之中。」

胡懷玉道：「我也曾這樣想過，這是最樂觀的想法了，可是櫃子的密封程度，究竟不是絕對的，甚至玻璃本身，也有隙縫，如果牠的形體夠小……」

我打斷了他的話頭：「不會吧，已經有幾十個細胞了，不可能小得可以透過玻璃。」

胡懷玉喃喃地道：「我……倒真希望牠還在這個櫃子中，那就可以知道牠是什麼，至少，牠要是不再繼續繁殖，死在櫃子中，也就不會有不測的災禍了。」

我搖着頭：「就算牠不斷繁殖，繁殖到了成千上萬，只要牠形體小如細菌，還是不能知道牠是什麼，根本看也看不見。」

胡懷玉盯着那櫃子：「那倒不要緊，只要牠的數量夠多，高倍數的電子顯微鏡鏡頭，總可以捕捉到牠，怕只怕牠已經離開了這櫃子。」

我苦笑：「我想，我們無法採取任何措施，牠如果離開了這個櫃子，也有可能早已離開了整個研究所，不知道跑到什麼地方去了，照我想，情形會壞到我們想像程度的可能，微之又微，不必為之擔憂，還是留意另外兩塊冰塊中，生命的繼續發展的好。」

胡懷玉望定了我，一副「照你看來是不礙事的」神情。我當然不能肯定，危機存在，存在的比率是多少，也全然無法測定，在這樣的情形之下，當然也不必自己嚇自己，所以我還是道：「真的，不必擔憂，要是有什麼變化，有什麼發現，再通知我。」

胡懷玉的神情，還是十分遲疑，我伸手拍了拍他的肩頭，看出他仍然憂心忡忡，我道：「張堅也真不好，那些生命，既然凍封在南極的冰層之下，不知道多少年，就讓它繼續凍封下去好了，何必把它弄出來，讓它又去生長？」

胡懷玉搖着頭：「衛先生，你這種說法，態度太不科學。」

我沒有和他爭辯，只是道：「我看不會有事。你的研究所規模這樣大，我既然來了，就趁機參觀一下。」

胡懷玉忙道：「好！好！」然後他又叮了一句：「真的不會有事？」

我笑了起來：「你要我怎麼說才好呢？」

他當然也明白，事情會如何演變，全然不可測，所以也只好苦笑，沒有時間再問下去。

接着，他就帶着我去參觀研究所，即使是走馬看花，也花了幾乎兩小時，研究所中所進行的工作，有些我是懂得的，有些只知道一點皮毛，更多的全然不懂，但是也看得興趣盎然。例如他們在進行如何使一種肉質美味的海蝦的成長速度加快，方便進行人工飼養，就極使人感到有趣。

看完了研究所，胡懷玉送我到門口，我和他握手：「很高興認識你。」

這倒並不是一句客套話，而是我的確很高興認識他，不單是由於他是一個科學家，而且是由於他以私人的財力，支持了這樣一個規模龐大的研究所。這種規模的研究所，經常的經費開支，必然是天文數字。胡懷玉道：「一有異象，我立即通知你。」

我連聲答應，駕車回家，一路上，就不斷在思索着，各種各樣的古怪念頭，紛至沓來：三塊冰塊之中，有一塊是生存不知名生物，不知名生物已經離開了冰塊，那有兩個可能，一個是牠的發育生長過程已經完成了，以後是牠的繁殖過程。另一個可能是，牠的發育生長過程還沒有完成，在離開了冰塊之後，繼續成長，如果是高級生物，單獨的一個個體，不能繁殖，那麼，牠的形體，是不是可以成長到被肉眼看得到呢？

還有那兩塊冰塊中的生物，在繼續成長着，將來會變成什麼東西？南極的冰層，亘古以來就存在，這種生物，會不會是地球上最早的生物形態？

如果不是從壞的方面去想，一直設想下去，真是樂趣無窮。

我有這麼有趣的經歷，回到家中，卻遇上了溫大富夫婦那樣無趣的人，而且還要莫名其妙地指責我，試想我怎麼會花時間去敷衍他們？

我關上了書房的門，坐了下來，不多久，白素就推門走了進來。我忙道：「那一雙厭物走了？」

白素笑了一下：「其實你應該聽聽那個少年做了些什麼事。」

我搖頭：「不想聽，倒是你，一定要聽聽我一下午做了些什麼。」

我用誇張的手勢和語調：「南極原始冰層下找到了史前生物的最初胚胎，而這個胚胎在實驗室中，又開始成長，可能演變為不知名的生物。」

白素揚了揚眉，我就把胡懷玉那邊的事，向她講述了一遍，笑着道：「胡懷玉真的十分擔心，因為逃走了的那個，沒有人知道是什麼東西。」

白素側着頭，想了一回：「這是一件無法設想的事。」

我完全同意：「是啊，你想，我哪裏還會有興趣去聽溫大富的事。」

白素卻說：「可是，我認為你還是該聽一下，溫寶裕這個少年人做了些什麼。」

我有點無可奈何：「好，他做了什麼事。」

白素平靜地道：「他自他父親的店鋪中，偷走了超過三公斤的犀角。」

我聽了之後，也不禁呆了呆，發出了「啊」地一聲。犀角，是相當名貴的中藥，市場價格十分高，約值三萬美元一公斤，三公斤，那對一個少年人來說，是相當巨大的一筆數字。

我想起溫寶裕的樣子，雖然偷了那麼貴重的東西，不可原諒，但是我總覺得他不是一個普通的少年，而且他的父母，又絕不可愛，所以我又道：「活該，犀牛是受保護的動物，只有中藥還在用犀角，因為犀角而屠殺犀牛。哼，就算犀角真有涼血、清熱、解毒的功用，不見得沒有別的藥物可以替代。」

白素皺眉道：「獵殺犀牛是一回事，偷取犀角，是另一回事，不能纏在一起的。」我笑了起來：「你不知道，溫寶裕是一個十分可愛的少年。」

白素揚眉：「甚至在偷了三公斤犀角之後？甚至於在說那是由於你教唆？」

我呆了一呆，剛才我倒忘了這一層。溫氏夫婦找上門來，就是為了指責我教唆偷竊，溫寶裕也真是，怎麼可以這樣胡說八道。

我還是為他爭了一句：「或許他被捉到了，他父母打他，情急之下，隨便捏造幾句，拿我出來做擋箭牌，也是有的。少年人胡鬧一下，有什麼關係。」

白素淡然道：「胡鬧成這樣子，太過分了吧。」

我笑了起來：「爭什麼，又不是我們的責任，猜猜看，在實驗室中那兩個胚胎，會發育成長為什麼的生物？有可能是兩隻活的三葉蟲，也有可能是兩頭恐龍。」

白素對我所說的，像是一點興趣也沒有，她只是望定了我：「是你的責任。」

我呆了一呆，指着她，我已經知道她這樣說是什麼意思了，一時之間，我真是啼笑皆非，可是白素卻一副理所當然的樣子：「你以為他們怎麼會那麼快離去？」

我苦笑了一下：「是你把他們扔出去的？」

白素微笑一下：「當然不是，我答應他們你會見他們的兒子，和這個少年好好地談一談。」

這是我意料中的事，而且我也知道，白素已經答應了人家，我也無法推搪，但是無論如何，我總得表示一下抗議。我悶哼了一聲：「人家更要說我神通廣大了，連教育問題少年，都放到了我身上來。」

白素糾正我：「溫寶裕不是問題少年。」

我揚眉：「他不是偷了東西嗎？」

白素略蹙着眉，望着我：「那是你教唆的。」

我一聽之下，不禁陡然跳了起來，眼睛睜得老大，氣得說不出話來。白素瞪了我一眼：「你一副想打人的樣子，幹什麼？」

我大聲叫了起來：「把那小鬼叫來，我非打他一頓不可。」

白素一副悠然的神態，學着我剛才的腔調：「少年人胡鬧一下有什麼關係，何至於要打一頓？」

這一下「以子之矛」果然厲害，我一時之間，說不出話來，只好乾瞪眼。

白素看到我一副無可奈何的樣子，忍住了笑：「他快來了，你準備好了要說的話沒有？」

我「哼」地一聲：「有什麼話好說的，叫他把偷去的東西吐出來就是了。一口咬定是我教他去偷東西的，這未免太可惡了。」

白素嘆了一聲：「少年人都有着豐富的想像力，其實是人類與生俱來的本能，可是一進入社會之後，現實生活的壓力，會使得人幻想的本能，受到遏制，這實在不是好現象。」

我答道：「也許，但是想像是我教他偷東西的，這算是什麼想像力？」

白素道：「或許，他會有他的解釋？」

我不禁笑了起來：「剛才是我在替他辯護，現在輪到你了？」

白素也笑了起來：「或許，我們其實都很喜歡那個少年人的緣故。」

我不置可否，就在這時，門鈴聲響了起來，我聽到了開門聲，白素走出書房，向樓下叫着：「請上來。」

我想到自己快要扮演的角色，不禁有點好笑，我自己從來也不是一個一本正經、嚴肅的人，但這時卻板起臉來，去教訓一個少年人，想來實在有點滑稽。

我坐直了身子，那少年——溫寶裕已經出現在書房的門。

我用嚴厲的眼光向他望去，一心以為一個做了錯事的少年人，一定會低着頭，十分害怕，躊躕不敢走進來，準備領受責罰的可憐模樣。

可是出乎我意料之外，溫寶裕滿面笑容，非但沒有垂頭喪氣，而且簡直神采飛揚，一見到了我，就大聲叫：「衛先生，真高興又能見到你。」

我原先擺出來的長輩架子，看來有點招架不住，但是我卻一點也不現出慌亂的神色來，沉聲問：「偷來的東西呢？」

溫寶裕怔了怔，大聲道：「我沒有偷東西！」

我的聲音嚴厲：「你父母恰才來過我這裏，他說你偷走了三公斤犀角，難道你父母在說謊？犀角是十分貴重的藥材，你的行為，已經構成了嚴重的刑事罪行。」

溫寶裕漲紅了臉。他的長相，十分俊美，那多半由於他的母親是一個美婦人。可是當他漲紅了臉，神情卻有一股說不出來的倔強。

可能他由於我的指責，心情十分激動，因之一開口，連聲音都有點變：「三公斤犀角，是的，不過我不是偷，我只不過是把沒有用的東西，拿去做更有用的用途，犀牛的角做藥材，我就不相信及得上抗生素！」

我對他的話，頗有同感，但我還是道：「別對你自己不懂的中醫中藥作放肆的批評——快把那些犀角吐出來，你父母會原諒你的。」

溫寶裕理直氣壯地說道：「我吐不出來，我已經把它們用掉了。」

一聽得他這樣說法，我和白素都吃了一驚，互望了一眼。

犀角作為藥材來說，近代科學對其成分的分析，已證明了它的有效成分是硫化乳酸。

硫化乳酸經人體吸收之後，有使中樞神經興奮、心跳強盛、血壓增高等現象，更能使白血球的數量減少，體溫下降，藥效相當顯著，所以一般來說，用量相當輕微，通常連一錢也用不到。

著名的使用犀角的方劑「犀角地黃湯」，據說專治傷寒，也不過用到犀角一兩，還是用九升水煮成三升，分三次服食的，犀角服用的禁忌也相當多，孕婦忌服，如果患者不是大熱，無溫毒，服食下去，也只有壞處，沒有好處。

雖然說，吃了一兩或以上的犀角，也不見得真會有什麼害處，可是，三公斤犀角，一下子就用掉了，若是他胡鬧起來，以為犀角能治病，給什麼病人吃了下去，那麼，這個病人真是凶多吉少之至！

我在呆了一呆之後，疾聲道：「真是，你……給什麼人吃掉了？」

溫寶裕看到我面色大變，一時之間，倒也現出了害怕的神色來。

可是他一聽得我這樣問，立時又恢復了常態：「我不是用來當藥材。」

我和白素異口同聲問：「那你用來幹什麼？」

溫寶裕眨着眼：「我把它們切成薄片，燒掉了。」

我陡地一怔，最初的反應是：莫非這個少年真有點不正常？把價值近十萬美元的藥材，拿來燒掉了？可是在刹那之間，我腦中陡然一亮，想起了一件事來。一想到了那件事，立時向白素望去，看到白素的神情，也恰好由訝異轉為恍然。這證明她是和我同時想到了這件事！

接着，不但是我忍不住，連白素也忍不住，哈哈大笑了起來。

我一面笑，一面指着溫寶裕，由於好笑的感覺實在太甚，所以一時之間，講不出話來。

溫寶裕顯然也知道我們在笑些什麼，他的神情略見忸怩，可是也沒有覺得自己有什麼不對。

我笑了好一會，才能說得出話來，仍然指着他：「你……真有趣，因為是你姓溫，所以才這樣做？」

溫寶裕也笑了起來：「有一點，但不全是。」他講到這裏，略頓了一頓：「你不是常說，世上有太多人類知識範圍及不到的事，只要有可能，就要用一切方法來探索！」

我道：「是啊！」

溫寶裕眨着眼睛：「那麼，我做的事，有什麼不對！或許，我會有巨大的發現，可以使整個人類的文明重寫！」

我實在還是想笑，可是見他說得如此認真，卻又笑不出來，我只好無目的地揮着手。

在這裏，必須把我和白素在一聽到了溫寶裕把三公斤的犀角，切成了薄片燒掉了之後，同時想到的，令得我們忍不住大笑的那件事，簡略地說一下。

在中國歷史上，有個曾焚燒犀角的名人，這個人姓溫，名嶠，字太真。是晉朝的一個十分有文采的人，《晉書》有這樣的記載：「嶠旋於武昌，至牛渚磯，水深不可測，世云其下多怪物，嶠遂燃犀角而照之，須臾，見水族覆出，奇形怪狀。其夜夢人謂之曰：『與君幽明道別，何意相照也！』意甚惡之。」這位出生於公元二八八年的溫嶠先生，是東晉時人，原籍太原（晉太原人，桃花源記中發現桃源的，也是這個地方人），官做得相當大，拜過驃騎將軍，封過始安郡公，卒於公元三二九年，不算長命，只活了四十一歲。

溫嶠在歷史上有名，倒不是他的什麼豐功偉績，而是因他曾在牛渚磯旁，燒過犀角，把水中的精怪，全都照得出了原形來的那件事。

牛渚磯這個地方，在中國地理上，也相當有名，這個名字後來被改為采石磯，不知是為什麼原因要改名。那是兵家必爭的一個險要地點。

有趣的是，這個地方，和中國的一個大詩人李白，有着牽連，傳說，李白在醉後，看到水中的月亮，縱身入水去捉月亮，就這樣淹死的。

我說有趣，是由於溫嶠燒犀角、李白捉月兩件事，都發生在這個地方。李白捉月一事，只有傳說，並沒有正式的記載。溫嶠犀角，記載也不很詳盡，只有上面引述過的《晉書》中的那一小段，而這一小段文字，也犯了中國古代記載的通病，看起來文采斐然，可是卻禁不起十分確切的研究。

例如：這是哪一年發生的事？牛渚磯在如今安徽省的當塗縣附近，據記載來看，溫嶠是在一個大水潭的旁邊，傳說這個水潭中有許多怪物，所以溫嶠就焚燒犀角，利用焚燒犀角發出的光芒照看。在這裏，又要略加說明。

（說明中又有說明，希望各位耐心點看。）

溫嶠為什麼去燃燒犀牛的角，用犀牛角焚燒時發出的光芒去照看怪物的呢？因為犀角這東西，不知為了什麼原因，很早就被和精怪連在一起。《淮南子》上就有把犀角放在洞中，狐狸不敢回洞之說，犀角一直被認為有辟邪作用。溫嶠或許就是基於此點，所以才肯定焚燒犀角發出的光芒，可以照到其他任何光芒所不能照到的怪物。

（犀角並不是普通常見的物品。何以溫嶠想着怪物，就有犀角可供他焚燒，不可考，也不必深究。）

（溫嶠焚燒了多少分量的犀角，發出了何等強烈的光芒，記載中照例沒有，也不可考。）

總之，溫嶠在焚燒了犀角之後，發出光芒，赫然使他看到了怪物：「奇形怪狀」。

（再至於如何奇形怪狀，也沒有具體的形容，總之奇形怪狀就是，只好各憑想像。）

那些怪物，從記載中看來，生活在水中，可是問題又來了，溫嶠在看到了怪物之後，當天晚上，就做了一個夢。

他夢見有人來對他説話。

請注意，溫嶠夢見的是人，不是什麼奇形怪狀的怪物。何以怪物會變成了人？也沒有解釋。而這個顯然以怪物身分來説話的人，所説的話，也值得大大研究。他説：「與君幽明道別……」

「幽明道別」，自然不是指你在明我在暗那麼簡單，幽，指另一個境界，就是説：「你我生活在不同的環境之中，你為什麼要來照看我們？」講了之後，「意甚惡之」，對溫嶠的行動，表示了大大的不滿。

怪物後來，是不是曾採取了什麼報復手段，不得而知，溫嶠燃犀角的故事，卻傳了下來，「犀照」也成了一個專門性的形容詞，用來形容人的眼光獨到，明察事物的真相。

後來，李太白（溫嶠字太真，李白字太白，都有一個「太」字）在牛渚磯喝酒喝得有了醉意，投水捉月，這也很值得懷疑，是不是他的醉眼，在突然之間，看到了水中「奇形怪狀」的怪物，欲探究竟，所以跳進水中去了？還是水中的怪物把他拉下水去的？

我在很小的時候，喜歡看各種各樣的雜書，也對一些可以研究的事，發過許多幻想，在溫嶠燃犀角這件事上，我也曾有過我自己的設想：那些奇形怪狀的怪物，根本不是生活在水中的，「幽明道別」，牠們生活在另一個世人所不明白的境地之中，給溫嶠用焚燒犀角的光芒，照得顯露了出來，使牠們大表不滿，所以，就通過了影響溫嶠腦部的活動，用夢的方式警告他，不可以再這樣做。

一千五百多年之前，一個姓溫的曾燃燒犀角的經過，就是這樣。真想不到，時至今日，還有一個姓溫的少年，也會去焚燒犀牛的角。事情的本身，實在十分有趣，有趣得使人忍不住要哈哈大笑。

我深深地吸了一口氣，強忍住了笑，問溫寶裕：「你在焚燒那三公斤犀角之後，看到了什麼？」

溫寶裕十分沮喪：「什麼也沒有看到，而且犀牛角根本不好燒，燒起來，臭得要死。」

我忍不住再度大笑：「你是在哪裏燒的？地方不對吧，應該到牛渚磯去燒，學你的老祖宗那樣。」

溫寶裕被我笑得有點尷尬：「我不應該那樣去試一試？」

我由衷地道：「應該，應該。我小時候，家裏不開中藥舖，不然，我也一樣會學你那樣做。」

我這樣說，沒有絲毫取笑的意思，溫寶裕當然知道這一點，所以他高興地笑了起來。

我作了一個手勢，請他坐了下來：「把經過的情形，詳細對我說說。」

溫寶裕坐了下來，做了一個手勢：「大概我姓溫，所以對溫嶠燃犀角故事，早已知道。」

我笑道：「是啊，在牛渚磯旁，有一個燃犀亭，是出名的名勝古蹟，日後你如果有機會，可以去看看。」

溫寶裕現出十分嚮往的神情，略停了一停：「上個月，學校有一次旅行，目的地處，有一個大水潭，又有一道小瀑布注進潭中去。我從小就喜歡胡思亂想，經常在夢裏見到許多奇形怪狀的水中生物，像有馬頭魚尾的怪物等等。」

他講到這裏，向我望了一下，像是怕我聽得無趣，看到我十分有趣地在聽，他才繼續說下去：「當時，附近的人家就說，這個水潭中有鬼靈，有精怪，叫我們不要太接近，更不可以跳進潭中去游泳，說是不聽勸告，跳進潭中去游泳的，不是當場淹死，也在不多久之後就生病死去，十分可怕。」

白素「嗯」地一聲：「我知道，那個水潭，叫黑水潭，在十分僻靜的郊區。」

溫寶裕手舞足蹈：「是。是。潭水深極了，水看起來是黑色的，我們在潭邊，用了很多繩子連起來，綁着一塊大石，沉下去，想看看潭水究竟有多深，可是繩子沉下去超過五十公尺，好像還沒有到底。在水潭邊上，有很多燒過的香燭灰，那些，據說全是淹死在潭中的親屬在拜祭中留下來的……」

我笑了一下：「所以，你就想到了燒犀角看鬼怪的故事，要去實驗一番？」

溫寶裕咧嘴笑了起來：「是，別人要做，或者難一點，可是我卻很容易，我爸爸早就教我認識中藥藥材，我知道他有很多犀角……」

我真的感到這少年十分有趣：「三公斤犀角，有好多隻了？」

溫寶裕伸了伸舌頭：「將近一百個。當時我一股腦兒取走，要是知道沒有什麼用的話，我會只拿走一半。」

我催道：「經過情形怎樣？」

溫寶裕道：「我約了兩個同學一起去，這兩個同學，也膽大好奇。我們下午就到了，一直等到天黑。那水潭在山腳下，有幾塊大石頭在潭邊，我們就在最深入潭水的那塊大石上，用普通的旅行燒烤爐，生着了火，把早已切成薄片的犀角投進去。」

我聽到這裏，又忍不住「哈哈」大笑了起來，溫寶裕自己也覺得好笑。

溫寶裕道：「犀角並不容易燃燒，也沒有什麼強光，臭氣沖天，三個人弄了將近兩小時，一百隻犀角燒光了，什麼鬼靈精怪也沒有見着。」

我問：「那麼，到了晚上，你有沒有做夢，夢見有人對你的行動，大表不滿呢？」

溫寶裕做了一個鬼臉：「做夢倒沒有什麼人對我不滿，當天晚上，睡到半夜，有人一把將我抓了起來，幾乎打死我。」

我呆了一呆，白素低聲道：「當然是他父母。」

溫寶裕又做了一個鬼臉：「是啊，我從來也沒有見過他們那麼兇過，我爸爸知道我拿走了那批犀角，幾乎要把我吞下去。」

他說到這裏，我臉色一沉：「你就說是我教你做的？」

我的責問，相當嚴厲，因為拿走了一批犀角，想效法古人，在水中看到一些古怪的東西，這是少年人的胡鬧，不足為奇。

可是，若是胡說八道，說他的行動是我所教唆的，這就是一個人的品格問題，非要嚴厲對待不可。

溫寶裕眨着眼睛：「我並沒有說是你教我這樣做的，我只不過說了幾句話，他們誤會了我的意思。」

我仍然板臉：「你說了些什麼？」

溫寶裕看來一副理直氣壯的樣子：「我告訴他們，我把那批犀角拿去幹什麼了，他們根本一點想像力也沒有，不相信，所以我說，衛斯理說過，世上，在人類知識範圍之外的事情太多了，一定要盡一切力量，去發掘真相。他們一聽，就誤以為是你叫我去這樣做。」

我一聽得他這樣解釋，當真是啼笑皆非，生他的氣不是，不生他的氣也不是，不知說什麼才好。溫寶裕又道：「衛先生，類似的話，你說過許多！」

我道：「是的，而且，都十分有理。」

溫寶裕道：「是啊，我父母他們不了解，如果我真有所發現，那是何等偉大，所謂水中的精怪，可能就是生活在另一空間中的生物，這種生物，還有影響人類腦部的活動的能力——可以令得溫嶠在晚上做夢，要是有發現，人類的一切知識，要全部改觀！」

溫寶裕的這番話，非但無法反駁，而且還正是我一貫的主張。

我想了一想：「你說得對，但是古代的傳說，有時並不可靠，甚至有時會變成小孩子的說法，希望你別再去打你父親店舖中野山參的主意了。」

溫寶裕道：「當然不會，那天我見到你，問你的問題，就是想知道人類是不是有可能看到自己不了解又看不到的東西。」

第三部

研究所中出了事

我想起了那天溫寶裕問的問題：「有一種辦法，可以看到平時看不到又不了解的東西。例如細菌，人能看到細菌的歷史不算很久，最原始的顯微鏡被製造出來之前，人類就不知道有種微小的生物和我們在一起，無所不在。」

溫寶裕側着頭：「可是生物……還是和我們生活在一個空間裏的。」

我拍了拍他的頭：「你想得太複雜了，如果說，你想看到生存在另一個空間的東西，首先要承認確然有另一度空間的存在。」

溫寶裕道：「不存在嗎？」

我吸了一口氣：「這個問題沒有人可以回答，四度或五度空間究竟是不是存在，這是沒有一個人可以肯定回答的，就算承認鬼魂，鬼魂是某種人類還不知道的能量，只怕也和我們存在於同一個空間之中。」

溫寶裕側着頭，想了一會。當他這樣想的時候，神情十分認真，運用他所有的知識在深思着，看起來，不再像是一個少年人。

過了一會，他才嘆了一口氣，用力搖了搖頭：「希望在我們這一代，可以解決這類問題。」

我點頭：「希望。」

溫寶裕站了起來：「我要告辭了，你……準備怎樣對付我父母？他們怒意未息，其實我……根本沒有做錯什麼。」

我想了一想：「我會對他們説，你有可能成為一個大科學家，而所有的大科學家，在小時候，總有一些成年人不能容忍的怪行為，叫他們不必在意。」

溫寶裕有點發愁：「這樣説……有用嗎？」

我笑了起來：「當然，我還會嚇他們一下，告訴他們，如果不了解你，你就會逃走。」

溫寶裕眨着眼，還是很不放心：「如果他們不怕，我想逃也沒有地方可去。」

我哈哈大笑：「逃到我這裏來吧。」

溫寶裕一聽，高興得手舞足蹈，白素在一旁大搖其頭：「你們兩個人沒大沒小，太過分了，你怎麼能這樣教孩子。」

我指着溫寶裕：「看看清楚，他已經不是一個小孩子了，他的想法，比他開藥材舖的爸爸，不知超越了多少。」

白素又狠狠瞪了我一眼，對溫寶裕道：「你不必擔心，你父母不知道多麼愛你，他們生氣，不是不捨得那批犀角，而是心痛你做壞事，怕你誤入歧途，所以才對你嚴厲。」

溫寶裕笑道：「可能是。但如果我拿的只是三公斤陳皮，他們或許不會那麼緊張。」我忍不住又呵呵大笑了起來，溫寶裕這小孩，真是精靈得有趣。

溫寶裕看我笑着，提出了他的要求：「衛先生，你最近有什麼古怪事遇到？能不能讓我和你一起探索一下？」

我立時搖頭：「沒有，就算有，我也不會讓你參加。一個人，在你這樣的年紀，有太多事要做，而最重要的一點，就是拚命吸取知識，才能有其他，人類的新想法、新觀念，全從豐富的學問、知識的基礎上發展起來的。」

白素低聲說了一句：「這才像話。」

我忙分辯道：「我說的每一句話都像話，只不過有些和一般人的認識，多少有點不同而已。」

白素笑了一下：「我不和你爭論這些……」

她才講了一句，電話鈴聲突然響了起來，又是抽屜中的那一隻號碼——少為人知的那一隻。

我才開了抽屜，取起電話來，我以為是胡懷玉打來的，可是電話中卻傳來了極其微弱、低得難以辨認的聲音，而且是一個女性的聲音，用有濃重澳洲口音的英文在說着：「衛斯理先生？」

我答應着，知道那是長途電話，然後那女聲道：「請等一等。」

這一等，等了足有五分鐘之久，才聽到了一個聲音在叫着：「衛斯理？」

我辨不出那是什麼人，只好大聲答應，那邊道：「張堅，我是張堅。」

我怔了一怔，張堅埋頭埋腦在南極做研究，幾乎和外界完全隔絕，他居然打電話來找我，可知一定有什麼非常事故。

我忙道：「張堅，有什麼事麼？」

我在講電話的時候，溫寶裕還在旁邊，他一聽得我這句話，就興奮得直跳了起來：「好哇，張堅，就是那個在南極的探險家。」

我立時瞪了他一眼，同時向白素作了一個手勢，示意白素帶他出去。白素向他招了招手，可是他縮了縮身子，一副哀求的模樣，令得白素不忍心拉他出去。

我由於電話中傳來的聲音十分細小，自然也無法再分神把他趕出去，要用心聽電話。

張堅在電話中傳來的話是：「衛斯理，我要你到我這裏來一次。」

我怔了怔：「你在什麼地方？」

這句話其實是問來也多餘的，張堅還會在什麼地方？他當然在南極，可是由於他要我到他那裏去，我又不能不問這一句。

張堅道：「我在巴利尼島。」

他說了三四次，我才聽清楚了那個島的名字，我只好苦笑：「這個見鬼的巴利尼島是在……」

張堅道：「在麥克貴里島以南，不到一千公里，麥克貴里島，在紐西蘭以南，也不過一千多公里。」

我不禁苦笑，說來說去，張堅還是在南極。

看來除了南極之外，他不會再有別的地方可去。張堅和南極，其間幾乎可以畫上等號。

他這個人，真可以說是不識世務至於極點，他要我到南極去，十幾萬公里，就像是打電話叫朋友出去喝一杯咖啡。

我試圖使他明白我和他之間的距離如何遙遠，並不是一下樓轉一個彎就可以去得的街角，可是又不知如何開口才好。

我只好折衷地道：「你在南極住得太久了，張堅，南極是地球的一端，而我住在地球的另一邊。」

張堅怔了一怔：「你這樣說是什麼意思？你說你不能來？還是不想來？」

我又支吾了一下，他在那邊叫了起來：「你一定要來，在我這裏，有點事情發生了，比我們上次的事還要超乎人類的知識範圍之外，你要是不來，終生後悔。」

我嘆了一聲，實在不知怎樣說才好。地球上有四十多億人，只怕每一個人，都有他自己的性格，有溫家三少奶奶那樣，自己的孩子做了一些她不愜意的事，就胡亂去怪責人；也有像張堅那樣，完全不理會別人處境。

我還未曾開口問，他又道：「我不單要你來，還要你去約一個朋友一起來，這個朋友……」

我打斷了他的話頭：「這個朋友叫胡懷玉？」

張堅高興地道：「是。是。你和他聯絡過了。」

我道：「不是我和他聯絡，是他和我聯絡，就在今天，他給我看了三塊冰塊，其中兩塊之中，有生物的胚胎，正在成長。」

張堅停了一停：「不是兩塊，是三塊。」

我道：「是，另一塊中的生物不見了。胡懷玉擔心得不得了，認為不知是什麼上古生物，逃了出來，會鬧得天下大亂。」

張堅又停了片刻，才道：「衛斯理，很好笑麼？」

我聽他的話中，大有責難之意，更是啼笑皆非：「我沒有說很好笑，你那邊發生的事，是不是和胡懷玉實驗室中發生的事一樣？或是有關？」

張堅嘆了一聲：「我不知道，衛斯理，一定要你來了，才有法子解決。」

要在這裏插進來說一下的是，在電話打進來的時候，溫寶裕這少年，就在我的書房中，我在聽電話的時候，曾經暗示他可以離去，也曾暗示白素，把他帶離書房去，可是他卻假裝不懂。

溫寶裕不但假裝不懂，而且，還假裝並不在聽我的電話，而在書房中東張、西摸摸，一副不在意的樣子。

溫寶裕不論怎麼假裝，絕瞞不過我，他正用心聽我在電話中講的每一個字。當他聽到我講到有上古的生物自實驗室中逃出來，他神情極其興奮，雙眼發光，這使我感到有點不可忍受。

所以，我用手遮掩一下電話聽筒，不客氣地道：「溫寶裕，你父母一定在等你，你可以離去了。去吧。」

溫寶裕還現出不願意的神情來，我沉下了臉：「你看不出我很忙嗎？成年人和少年人不同，少年人可以一直想，但成年人除了想之外，還要做。」

他的口唇掀動了幾下，想說什麼，可是又沒有說出來，神情略帶委屈，我再向白素示意，白素握住了他的手：「我們先出去再說。」

溫寶裕向我揚了揚手，走到門口，居然又十分有禮貌地向我一鞠躬，才跟白素，走了出去。

電話那邊，張堅一直在說話：「你這就去和他聯絡，比較起我寄給他的冰塊來，這裏所發生的，簡直驚天動地，你真是一定要來，我在這裏等你，你到了紐西蘭南部的因維卡吉市之後，南極探險組織的人會和你們聯絡，有小型飛機供應，直接飛來和我會合。抱歉我不能來迎接你，打完電話，我還要回基地去，為了打電話和你聯絡，我要來回超過一千公里，他媽的，人類的科學，真是落後。」

他忽然發起牢騷來，我還在想如何把他的這種邀請推掉，至少，他可以先在電話中告訴我，究竟是什麼異特的事情。

可是他一說完，就只聽得「卡」的一聲，他顯然已經放下了電話。

我不禁大是着急，連忙「喂喂喂」，可是「喂」了七八十聲，電話放下了就是放下了，哪裏還有半分回音。

我瞪着電話，呆了半晌，不知道怎麼才好。張堅這個人，一放下電話之後，極可能立時就啟程回到他與世隔絕的基地去了，除了萬里迢迢，親自去找他之外，無法再和他聯絡。

而他又不肯講出究竟發生了什麼事，只說胡懷玉實驗室中的事，和他所發現的相比較，簡直微不足道。

在胡懷玉實驗室中發生的事，也已經夠奇特的了，在顯微鏡下，可以清楚地看出，冰塊之中，有着生命的最初形式，而且在溫度逐步提高過程之中，分裂成長，不知道會成為什麼。

而張堅還說那「微不足道」，那麼，他發現了什麼？難道真是活生生的史前怪獸？

張堅的「邀請」，其實也很令人心嚮往之，只是來得太突然。我想了一想，覺得應該先和胡懷玉聯絡一下，聽聽他的意見。

我剛剛準備拿起電話，白素推門走了進來：「他父母一直在車子裏等他。」

我悶哼了一聲：「那女人要把我拉到警局去？你怎麼向他們解釋溫寶裕偷

了犀角去的用途？」

白素笑了起來：「的確很難，但是我使他們相信，溫寶裕只不過是在做一個古代有記載的實驗，其中需要用大量的犀角，他的實驗如果成功，是種小兒科的聖藥……」

白素講到這裏，笑聲愈來愈頑皮：「溫寶裕聽得口張得老大，他一定想不到我也會信口雌黃，可是他父母卻相信了，還稱讚他有出息，可以把家傳的業務，繼續下去。」

我聽得白素居然弄了這樣一個狡獪，不禁「哈哈」大笑，但是笑了幾聲，就覺得十分不對勁，道：「什麼叫作你『也』會信口雌黃？你在暗示什麼？暗示我一直在信口雌黃？」

白素淡然一笑，顧左右而言他：「我可沒有這樣說過。張堅的邀請，你可接納了？」

我只好嘆了一聲：「他自顧自講，講完之後，就掛了電話。」我把張堅的話複述了一遍，白素道：「看來你是非去不可的了。」

我又嘆了一聲：「我倒希望我可以有選擇的餘地，先和胡懷玉聯絡一下，他要是有興趣的話，讓他一個人去。」

白素用疑惑的眼光望着我，我知道她這樣看我的意思，是在說我講的話言不由衷，其實我心中恨不得立刻就身在南極。

我的確有這種想法，所以只好避開她的眼光，自顧自去撥電話。電話撥通之後，久久沒有人聽。我記得胡懷玉說過，他會二十四小時在實驗室中，注視着那些胚胎的變化，電話怎麼會沒人聽呢？我掛上，再打，這一次，電話有人接聽了，可是卻不是胡懷玉的聲音，我道：「請胡懷玉先生……」那邊一個男人的聲音反問：「你是誰？」

我有點不耐煩：「你叫胡懷玉來聽就是了。」

那個男人的聲音道：「你……」

他只講了一個字，又換了另外一個男人的聲音：「我們也正在找胡先生，你是他的朋友嗎？」

我怔了一怔，那第二個男人的聲音，聽來十分熟悉，他說他們也在找胡懷玉，那是什麼意思？「他們」又是什麼人？

剎那之間，我感到事情有點不對頭，胡懷玉正在研究一些人類科學不可測的事，在他的實驗室中，又有了神秘的陌生人在截聽電話，是不是他有什麼麻煩了？

（在故事和電影之中，科學家總是會遭到麻煩的，這類故事或電影，對人還真有影響力。）

我沉聲道：「是，我是他的朋友，有重要的事和他聯絡，閣下又是誰？」

我的問題，並沒有得到回答，可是卻有了意料之外的反應，那個男人用充滿了驚訝的聲音，叫了起來：「老天，你是衛斯理。」

這個人，單憑我在電話中的聲音，就認出了我是什麼人，那自然是熟人，難怪我一聽他的聲音，就覺得十分耳熟。

（人的聲音，和人的性格有相似之處：幾乎沒有一個人是一樣的。記性好的人，聽到過兩三次，就可以把一個人的聲音記上一輩子，再一聽到時，立刻就可以辨認出來。）

我的記性可能沒有那麼好，但是也絕不差，只要在意些，我還是可以認出聽過幾次的聲音，在他的驚訝聲中，我也已經認出他是什麼人。所以，當時，我的心中相當吃驚，因為這個人，沒有理由在胡懷玉的實驗室！

我立即道：「黃堂，是你！」

黃堂是誰，熟悉我記述故事的朋友一定知道。他是警方人員，一個能幹出色的高級警官，接替了以前傑克上校的位置。我和他曾有幾件事，在開始的時候，有過接觸，剛才我沒有一下子就聽出他的聲音，由於我絕未想到胡懷玉的實驗室中的電話，會由他來接聽。

黃堂連聲道：「啊，我知道了，下午到研究所來，和胡所長在一起的神秘人物就是你。」

我「哼」了一聲：「什麼神秘人物，下午我是在胡懷玉的研究所裏。」

黃堂忙道：「你別生氣，研究所的幾個職員這樣形容你，他們說，胡所長整個下午，都和一個神秘人物在一起。」

我下意識地揮了揮手：「別說這些了，你為什麼會在實驗室中？發生了什麼事？」

黃堂這個人，就是有點討厭，我曾和他有幾度交往，但是交情始終無法發展下去，我不是很喜歡他那種不爽快的性格，也是主要原因。這時，他並不回答我的問題，反倒問道：「你可知道最近胡所長從事什麼研究？整個研究所中，竟沒有人知道他在做什麼。」

我不等他講完，就喝道：「他在做什麼研究，與你無關，講給你聽你也不會懂，痛快點告訴我，你為什麼在那裏，他怎麼了？」

黃堂還是遲疑了一下，如果一個人的手，可以通過電話線，直傳過去，我就會毫不猶豫，在這時重重地給他一拳，而且一定要打在他的鼻子上。

他遲疑了一下之後，才道：「發生了一點事，我們是接到了報告之後趕來的。」

我怒道：「他媽的，我就是在問你發生了什麼事。」

面對着這種人，辦法倒不少，可是在電話裏遇上了這樣的人，似乎除了忍耐之外，沒有別的辦法。所以我只好耐着性子：「職員為什麼要請求警方的協助？」

黃堂這次，倒答得很快：「由於胡所長的私人實驗室，有異樣的聲響傳出來，外面的職員聽到，聲音聽來像是什麼東西的碎裂聲……」

我幾乎在哀求：「不必向我叙述得那樣詳細，說得精要點，你是在辦案，不是在寫小說。」

黃堂停了片刻：「你這人真難應付，如果你可以立即趕來，我看事情比較容易明白，至少你是最後和他在一起的人。」

我吃驚道：「這是什麼話？他死了？」

黃堂道：「沒有，他不見了！」

我怔了一怔，知道在電話中說起來，一定愈說愈糊塗，看來非得去一次不可，雖然胡懷玉的水產研究所離我的住所相當遠，但是比起南極來總近得多了。

我簡單地道：「我馬上來。」

黃堂忽然問：「尊夫人……」

我自然記得，他對白素的評價比對我的評價高，所以我立時道：「我一個人來就是，你等我。」

我放下電話，向書房外走去，白素跟在我的後面，我一直來到門口：「我和胡懷玉分手，不過幾小時，就有了意外，他失蹤了……至少黃堂那樣說。」

白素蹙着眉：「在電話裏，怎麼能夠把一件複雜的事弄清楚？」

我回過頭來：「你肯定這是一件複雜的事？」

白素吸了一口氣：「看起來應該是，你忘記了，胡懷玉為了那冰塊中不見了的胚胎，一直在擔憂……」

一聽得白素那樣講，我也不禁感到了一股寒意。

是不是那個「逃走」了的，根本不知道是什麼東西的生物，真的有力量導致災禍？

這種情形，想起來，有點滑稽，但如果真正發生了，卻極其可怕，因為那東西究竟是什麼東西，完全不知道。

連是什麼東西都不知道，當然更談不上可以用什麼方法來對付。

我望了白素一眼：「希望只是一場虛驚。」接着，我加快了腳步，出了門，上了車，在發動車子的同時，我大聲道：「我去去就來。」白素向我揮了揮手，我駕車駛出去。

一路上，我一直在想着和胡懷玉會面的情形，我和他在研究所門口分手，黃堂說我最後和他在一起，這種說法很值得商榷。或許，他和我分手，一直回到了實驗室，雖然有人見過他，但是他卻並沒有和人打招呼。

胡懷玉帶着我參觀整個研究所，也沒有向研究所的工作人員介紹我，所以我才成了其餘人眼中的「神秘人物」。不過我知道，所謂「神秘人物」的印象，多半是後來發生了神秘的事件之後，才逐漸形成的。

至於胡懷玉在實驗室中所做的事，整個研究所中，竟然沒有人知道，這一點極出乎我的意料之外。胡懷玉在實驗室中，培養張堅自南極送來的、在冰塊中凍結着的生物胚胎，並不是什麼見不得人的事情，為什麼他要嚴守秘密？

當然，事情本身相當神秘，在南極冰層下發現的生物胚胎，培育成長，究竟是什麼生物，這種消息，如果向大眾公布，當然會轟動一時，也有可能造成若干恐慌。

但是，同研究所中生物學家商討研究一下，又有什麼關係？

看來，胡懷玉相當謹慎，不想事情在未有結果之前，引起不必要的驚惶，所以一切由他一個人進行。

我一路上不斷想着，想不出一個頭緒來，到水產研究所去的路相當遙遠，後半段路程，幾乎全在漆黑的、沒有路燈的靜僻道路上行駛，自然，我也將車速提得相當高，高到了駛入一個大轉彎，車輪和地面摩擦，會發出刺耳聲音來的程度。

我隱約可以看到前面研究所建築物發出的燈光，估計大約還有十分鐘的路程。

車子到了研究所的大門，一個警員迎了上來，一見到我就説道：「黃主任已經等急了。」

我「哼」地一聲：「他什麼時候性急起來了。」

我將車子直駛到了建築物的前面才下了車。

研究所的工作人員，神情都十分異樣，望向我的眼光，也有點怪裏怪氣。

白天來的時候匆匆忙忙，有一些工作人員，胡懷玉可能約略地替我作過介紹，我也記不得了。

我逕自向胡懷玉的實驗室走去，才來到了實驗室的外間，就看到了黃堂和幾個職員。黃堂一見我就道：「怎麼那麼久？」

我冷冷地道：「最好我會土遁，一鑽進地下，立時就從這裏冒出來，那就快了。」

黃堂悶哼了一聲，在他身邊，有一個看來年紀十分輕的警員，可能才從警察學堂畢業出來，竟然連看上司的臉色也沒有學會，興致勃勃地望着我：「衛先生，傳說中的土遁，是一種想像，我覺得如今的地下鐵路，倒真是土遁——從一個地方鑽下地去，又從另一處的地下冒上來。」

這位年輕警員的說法，相當有趣，和一般人認為「千里眼」就是望遠鏡的說法一樣，我只向他笑了一下。不過他的上司黃堂，卻顯然對他的話，一點也不欣賞，狠狠地瞪着他，厲聲道：「是麼？那麼火遁又是什麼？水遁又是什麼？」

年青警員一看到黃堂臉色不善，哪裏還敢說話，我笑着：「黃主任，別欺負小孩子。」

黃堂悶哼了一聲：「這裏發生的事，那麼嚴重，我哪裏還有空聽人用現代科學觀點去解釋封神榜。」

我立時道：「嚴重？」

黃堂向一個職員作了一個手勢，那職員走前幾步，打開實驗室的門。

實驗室的門一打開，我也不禁怔住了。

實驗室的門口，掛着「非經許可，嚴禁入內」的牌子，上次我來的時候，胡懷玉用鑰匙打開門，才能進去，可知門常鎖着，不應該有什麼人可以隨便進去。

但這時，整個實驗室，看來不但有人進去過，而且進去的人，絕不止一個，整個實驗室中，凌亂不堪，不少玻璃製造的儀器，都碎裂了，有的在桌面上，有的在地上。

我立時向那個玻璃櫃子看去，因為那才是最重要的設施。

而當我看到那玻璃櫃子時，我更呆住了，玻璃櫃的一面，玻璃已被擊破，碎裂成了一個大洞，我立時趨前幾步，去看櫃子中的那個架子。當然，玻璃破了，溫度不能再受控制，架子上的那三塊小冰塊，也早已消失，甚至連水的痕迹也沒有留下。

當時，我睜大雙眼，瞪着前面的那種神情，十分怪異，所以精明的黃堂立時問：「這櫃子裏，原來是什麼東西？」

我轉過身來，望着他，他的神情，充滿了疑惑，我想了一想，才道：「簡單地說，我只能說我不知道，但是複雜點說……卻又太複雜了，不是一下子可以說得完，你先把情形的經過說一說！」

黃堂的神情更加疑惑，他想了一想，才指着幾個職員：「還是由他們來說，我也是接到了報告才來的，而當我來到的時候，這裏已經是這樣子。」

我注意到，實驗室中的桌子沒有遭到多大的破壞，桌子的電話也在，我剛才打來找胡懷玉，就是打這個電話的。

我向兩個職員望去，其中一個年紀較長的道：「所長送你出去，回來之後，就逕自走進了實驗室，這些日子來，在做些什麼實驗，作為他主要的助手，我一點也不知道。」

我問了一句：「這種情形，正常嗎？」

那職員有點無可奈何地笑了一下：「當然不正常，但是整個研究所的經費，都來自他個人，他有權喜歡怎樣就怎樣，這是他私人研究所。」這一點，胡懷玉向我提及過，他有那麼大的財力，是來自他父親的遺產。那職員又道：「他開了實驗室，我的責任是，只要他在實驗室中，我便要在外間，和他——」他指了另一個年輕的研究人員：「和他一起，輪流當值，總要有一個人在，可以隨時聽他指示，這幾天，所長幾乎二十四小時在實驗室，所以又增加了兩個人來當值。」

他說到這裏，又指了指另外兩個研究人員。

黃堂悶哼了一聲：「有錢真好，連做科學家，都可以做得這樣威風。」

我也大有同感：「看來，胡所長的上代，留下不少財產給他。」

黃堂咕噥了一句：「不知道是做什麼生意發財的，倒要去查一查。」

黃堂是在自言自語，可是我也聽清楚了他在講些什麼。他的話，令我感到相當詫異。因為胡懷玉的上代幹什麼，和如今發生的事，可以說一點關係也沒有，何以黃堂竟然會忽然想到了那一點？

是不是黃堂在內心深處，覺得胡懷玉的行為有什麼不對頭？那更是沒有道理的事情，把上代遺下來的財產，用來作科學研究，總是一件大大的好事。

自然，當時我只是略為詫異，沒有再向下想去。可是後來，黃堂真的去調查了胡懷玉上代，而且，調查的結果，頗出乎意料之外，和這個故事，也可以說有點關聯，至少可以說是整個故事之中的一個插曲。但那是以後的事，到時自會記述。

那職員繼續說：「我們一直在外面，由於沒有什麼事可做，所以只是在閒談，閒談中，大家各猜測所長在他個人的實驗室，究竟是在做什麼研究。可是猜來猜去，也不得要領，就在這時候……」

他說到這裏，看了看手錶：「正確的時間，是九時十二分。」

黃堂作了一個手勢，示意他繼續說下去。那職員吸了一口氣：「實驗室中，傳來了一陣乒乒的聲響，像是打碎了什麼東西。這種聲響一定十分巨大，因為我們在門外的每一個人，都可以聽得十分清楚，而實驗室的門又關着。」

那職員講到這裏，向另外幾個人看去，另外幾個人一起點頭，證實了他的敘述。他又道：「這使我們覺得十分奇怪，可是所長沒有叫我們，我們也不敢去打擾，從剛才的聲音聽來，像是打碎了什麼。我們不知如何才好，那種聲響又不斷傳出來，我們知道在實驗室中，有點意外發生了……」

我聽到這裏，忍不住道：「你們的反應也太遲鈍了，什麼叫有點意外發生，那一定是有意外發生了，這個實驗室又不是音響實驗室，怎麼會不斷有打碎東西的聲音傳出來？」

那職員瞪了我一眼，冷冷地道：「你說說容易，我們當然知道有了意外，可是你看看門上所掛的這塊牌子，所長曾一再告訴我們不可隨意打擾他，你叫我們該怎麼辦？」

黃堂又喃喃說了一句：「科學研究不應該和錢財合在一起。」

我冷笑一聲：「沒有錢，怎麼研究？」

黃堂沒有和我再爭辯下去，那職員見我沒有再責難，才繼續說下去：「也就在這時候，一下巨大的玻璃碎裂聲，傳了出來……」

他的神情，在這時顯得相當緊張，不由自主喘氣：「在實驗室中，有一隻相當大的玻璃櫃，這一點，我們知道。那下聲響，除了是玻璃櫃的玻璃破裂之外，不可能是別的，所以，他……」他指了一指一個年輕的職員：「他立時就去敲門，我們也一齊在門外叫着，問：『所長，發生了什麼事？』可是實驗室中，卻再也沒有聲響傳出來，我想推門進去，門鎖着。」

我聽到這裏，忙揚起手來，示意有疑問，那職員不等我叫出來，就道：「門，一直等我們報了警，警方人員來到之後，才由專家打開。」

我立時向黃堂望去，黃堂點了點頭：「那個開鎖專家就是我。」

我又向實驗室的門鎖看了一眼，那只是一柄普通的門鎖，根本不必專家，一個普通的鎖匠，就可以把它一下子弄開來。

第四部

神經緊張性情乖謬

這時候，我心中實在已經十分驚疑：實驗室的門，由外面幾個職員打開，還是由黃堂打開，大有差異。如果當時職員打開了門，就發現胡懷玉失蹤，和直到黃堂把門打開之後，發現人不在，其間至少隔了一小時左右。

我現在就在實驗室，連窗子也沒有，一點也看不出除了這扇門之外，還有什麼地方可以離開，但實際上發生的事卻是：胡懷玉不見了。當然，可能實驗室另外有秘密的暗門，可以供人離開。

我一面在想，一面仍然在聽着那職員的叙述：「我們叫了一會，沒有反應，我就去打電話進去，希望所長會聽電話，可是電話也沒有人接聽。」

我聽着，心想這時候，正是溫寶裕在向我叙說他如何焚燒犀牛的角，希望可以看到存在而看不見的怪東西，逗得我哈哈大笑的時候。

那職員又道：「我們討論，考慮過把門撞開來，因為在實驗室中，什麼事情都可以發生。」

那職員道：「生物實驗室，充滿危機，有一個著名的細菌學家，就曾在實驗室中，不小心弄碎了培育細菌的試管，而結果一輩子要在輪椅上度過。」

我悶哼一聲：「你想到了有意外，可是結果並沒有撞開門。」

那職員紅了紅臉：「是的，我們沒有那麼做，因為我們不能肯定是不是真的有了意外，要是根本沒有事，把門撞了開來，所長發起脾氣來……」

他沒有再向下講，這時，我心中覺得十分奇怪，因為胡懷玉給我的印象，十分溫文，絕不是一個脾氣急躁蠻不講理的人，可是那個職員的叙述，聽起來，胡懷玉卻像是一個很暴躁而不講理的人。

我順口問了一句：「胡所長的脾氣不好？」

這是十分普通的一句話，我也只是順口問問的，可是卻想不到，那幾個職員，都現出了十分猶豫的神情，像是這個問題，十分難以回答。

沉默了片刻，我感到事有蹊蹺，正想再進一步發問之際，一個年紀較長的職員才遲疑地道：「所長……本來十分和藹可親，可是自從這間實驗室……他不許人進入以來，脾氣就變得有點怪，有時會莫名其妙責罵人。」

我皺着眉，在設想着胡懷玉脾氣變壞的原因，我想到，可能工作的壓力太重，人的心境，自然會變得不好。

可是黃堂在一旁，卻已「嘿嘿」地冷笑起來：「一個科學家，在他的實驗室中，變成了『鬼醫』，哈哈哈，他變成了另一個人，所有惡劣的本性，全都顯露出來，最後又神秘失蹤。」

我瞪着他，他的話，一點也不幽默，黃堂用力揮了一下手，不再說下去，指着那職員：「他的做法是對的，他報了警，我們以最快時間趕到，一面聽他的敘述，一面已打開了實驗室的門，實驗室中並沒有人。」

我有點對他剛才的態度生氣，說道：「好，那麼請解釋他人上哪裏去了？」

黃堂道：「第一個可能，自然是這裏另有暗門，但已被否定。」

我點了點頭。在我沒有來到之前，他有足夠的時間去弄清楚實驗室是不是有暗門。

他又道：「第二個可能，是他在我們把門打開之前，已經離開實驗室。」

他說到這裏，向那幾個職員望去，不等他們開口，就道：「可是他們卻說，絕未曾看到胡所長走出來、門也未曾打開過。」

那幾個職員，對於黃堂對他們的懷疑，相當不滿，可是卻忍住了沒有發作。

黃堂攤了攤手：「除此之外，我想不出第三個可能，所以，要聽聽你的解繹，衛先生，因為照我的推想，你至少知道他在研究什麼。」

我心中，早已作了七八個假設，可是看來，絕沒有一個可以成立。我的目光停留在那隻玻璃櫃上，緩緩地道：「我只知道他在培育一些由南極厚冰層下弄來的生物胚胎，真正詳細的情形，連他自己也說不上來。」

黃堂聽得我這樣說，揚了揚眉，現出了不可信的神色，尖着聲音：「什麼？請你再說一遍。」

我把剛才的話，重複了一遍，黃堂吸了一口氣：「你想說，他培育的那些胚胎，成長了，然後把他吞噬掉了？」

我搖頭：「我沒有這樣說，不論是什麼東西，如果可以把人吞噬掉，就一定要比人更大，現在我們看不到有這樣的東西在！」

黃堂的眉心打着結，這時，剛才那個說「土遁」好像地下鐵路的那個年輕警員，忍不住又道：「也不一定，我看到過一篇記述，是一個醫生的經歷，就記述着微生物吞噬了人的經過，事實上，微生物吞噬動物的屍體，一直在進行着……」

看來，他還想發表他的偉論，可是黃堂已經厲聲道：「閉上你的鳥嘴。」

年輕警員登時漲紅了臉，我拍了拍他的肩頭：「是，我也知道那件事，但是我認為兩者之間，大不相同，胡所長的失蹤，另有原因。」

年輕警員感激地望着我，黃堂揮着手：「還是第一個可能最合理，我認為還是要徹底搜索。」他說了之後，瞪着我：「你找他，有什麼事？」

我懶懶地回答：「從什麼時候開始，個人行動必須向警方人員作報告？」

黃堂盯着我：「衛先生，有一個人無緣無故失了蹤，你是可能的知情者，一定要接受警方的查詢。」

我攤了攤手：「正如你剛才所說，他變成了『鬼醫』，消失了，或者變成了隱形人，就在這裏，不過我們看不到他。」

黃堂恨恨地道：「你對他的失蹤一點不關心？」

我伸出手來，直指着他的鼻尖：「不關心？關心的程度在你一千倍以上。

可是關心有什麼用？我們得設法把他找出來。」

黃堂呆了一呆，揚起手來，可是卻又立即垂了下去，並沒有推開我的手，反倒後退了一步，嘆了一聲：「我不想和你爭執，衛先生，你有什麼設想？你一向有過人的想像力。」

他的態度相當誠懇，我放下手來：「誰想吵架？我實在想不出是怎麼一回事，他要和我見面，因為他以為培育過程，有了一點意外，因此而十分憂慮，所以和我聯絡——在他和我聯絡之前，我根本不認識他，只不過我們有一個共同的朋友。」

黃堂一聽得我提及了「意外」，神情緊張，我就把那「意外」，向他說了一遍，我知道他在聽了後，一定會大失所望，結果果然如此，他道：「那只是他自己以為可能發生意外。」

我道：「當時我也這樣想，可是現在，實實在在，有一樁不可思議的意外發生了。」

黃堂震動了一下，剎那之間，實驗室中，靜得一點聲音也沒有，我相信各人的心頭，都感到了極度的寒意：不可測的變化，終於發生了，先是胡懷玉的離奇失蹤，再接下來的會是什麼呢？

那年輕的警員，神色張惶地四面看看，像是要把那不可測的危機找出來。

我和黃堂互望着，不知說什麼才好，由於實驗室中十分靜，所以外面的聲音傳過來，聽起來也格外清楚，只聽得外面有好幾個人，同時用極驚訝的聲音在叫：「所長！所長！」

一聽得這樣的叫喚聲，實驗室中的所有人，連我在內，都是一怔。

「所長」，那是對胡懷玉的稱呼，而如果不是有人看到了胡懷玉，自然不會無緣無故這樣叫他。

剎那之間，我只覺得滑稽莫名。引起我有滑稽之感的原因是：如果胡懷玉根本不是什麼「神秘失蹤」，而只是他離開實驗室，未被人注意，而這時他又走了回來，而我們卻在作種種假設，推測他神秘失蹤的原因，這不是太滑稽了嗎？

實驗室中的人，都轉過頭，向門口看去，看到胡懷玉已經出現在實驗室，他見有那麼多的人在，先是陡然怔了一怔，接着，便極其憤怒。

很少看到一個人在剎那之間會憤怒到這種樣子，尤其是這個人給我的印象，一直相當溫文。就在不到一秒鐘的時間內，彷彿他體內的血液，全都集中到了頭部。使他看來，臉變得通紅，他雙眼睜得極大，眼附近，全是一根根凸起的筋，以至臉看起來十分可怕，甚至有點猙獰。他陡然吼叫，那種吼叫聲，表示了他心中的憤怒，聽起來叫人震動，他在厲聲叫着：「你們在這裏幹什麼？統統給我滾出去！」

那幾個職員，不知所措，他們想立即離開實驗室，可是，胡懷玉又堵在門口，他們出不去，所以進也不是，退也不是，尷尬之極。

我，黃堂和幾個警員，則大是愕然。胡懷玉突然若無其事地從外面走了進來，那已經夠令人詫異，而他又突然大發雷霆，真叫人不知如何應付才好。

我和黃堂怔了一怔，同時開口，叫了他一下，我的聲音比較大，胡懷玉向我望來。他看到我，震動了一下，顯然，他剛才呼喝着，要所有人統統滾出去，並沒有看到我。

在一下震動之後，他臉上的血，又不知褪到何處去，臉色變得十分蒼白——

那種蒼白，和他剛才盛怒時的通紅，看來同樣可怕。

他用一種聽來十分怪異的聲音道：「啊，你又來了。」他一面說，一面揮着手，向前走來，道：「出去，請出去，衛斯理……」

他叫我的名字，作了一個手勢，示意我可以留下來，然後，他又重複了六七下：「出去，全出去。」

那幾個職員，急急忙忙，奪門而出，黃堂仍然站着不動，胡懷玉直來到他的身前，竟然伸手向他推去。

黃堂被他推得向後跌出了一步，胡懷玉已道：「出去。」

黃堂忍住了怒意：「對不起，我是警方人員，是接到了報告才來的。」

胡懷玉這時的神情，怪異得難以形容。他看起來，像是十分疲倦，可是又仍然盛怒，而且有一股極其不可言喻的執拗，他毫不客氣地反問：「接到了什麼報告？」

黃堂怔了一怔：「我們接到的報告是，這裏可能有人發生了意外。」

胡懷玉立時道：「沒有人發生意外，你可以走了。」

黃堂也不是容易對付的人：「可是，你曾經失蹤。」

胡懷玉的聲音，聽來極其尖利：「我曾經失蹤？你在放什麼屁？我在你面前！」

黃堂一下子給胡懷玉駁了回來，弄得臉上紅了紅，一時之間，說不出話。

我正想趁機打圓場，說幾句話，勸黃堂先回去再說，可是黃堂已經指着碎裂了的那些東西問：「這裏曾受過暴力的破壞，我有權……」

他的話還沒有說完，胡懷玉已經發出了一下怒吼聲：「你有什麼權？在這裏，我才有權，這裏的一切全是我的，我喜歡怎樣就怎樣，你理我是暴力不是暴力。」

他一面說着，一面又極快地抓起一些玻璃器皿，用力摔向地上。

胡懷玉用的力道是如此之大，以至那些被他摔向地上的東西，玻璃碎片四下飛濺。他的動作激烈和快速，我還未曾來得及喝止，他已經舉起了一張椅子。我還以為他要去砸黃堂，心裏剛想到，襲擊警務人員是有罪的，黃堂可有留下來的理由了。

可是胡懷玉一拿椅子在手，一個轉身，椅子已向那個玻璃櫃子砸去，「嘩啦」一聲響，把本來已破裂的玻璃櫃子，砸得又碎裂了一大片。

然後，他又疾轉過身來，惡狠狠地道：「我愛怎樣就怎樣，你明白了嗎？現在，你走不走？」

黃堂的神情難看之極，他一言不發，向門口走去，幾個警員跟着他，他等那幾個警員先走了出去，才轉過身來向我道：「衛先生，你和一個瘋子在一起，要小心一點才好。」

他說完話，大踏步向外走去，胡懷玉衝了過去，一衝到門口，把門重重關上，然後，背着靠門，不住喘氣。

我向他看去，只見他的臉色仍然蒼白得可怕，隨着喘氣，大滴大滴的汗水，從他的額上，涔涔而下，看起來像是才經過了劇烈運動。

我沒有說什麼，只是看着他，實在也不知道該說什麼才好。

黃堂臨走時所說的話自然是氣話，可是卻也大有道理，因為胡懷玉突然出現，所有的行動，除了說他是一個瘋子之外，也真沒有別的話可以形容。

他背靠着門，低着頭喘息，汗水在他的臉上，積聚了太多，開始滴向地上。我一直凝視着他，等他先開口，可是過了足有五分鐘，他仍然一聲不出，我只好問：「怎麼了？」

我一開口，他震動了一下，並不抬起頭來，聲音聽來又嘶啞又疲倦：「沒有什麼。」

我低嘆了一聲：「你騙我不要緊，可是別自己騙自己，究竟怎麼了？」

他用力搖着頭：「真的沒什麼。」我自然有點生氣，發生了這樣的事，他卻只是搖着頭說「沒什麼」！

我冷笑了一聲：「看來你不需要任何人幫助你，我告辭了。」

我向他走過去，他仍然背靠門站着，並沒有讓開的意思，我站定說：「請讓一讓，或者，請告訴我可以另外從什麼地方出去。」

胡懷玉像是十分困難地抬起頭來：「你……知道這個實驗室另有出路？」

我悶哼一聲：「應該有，不然，就是你有穿透牆壁，自由來去的能力。」

胡懷玉忙道：「是的，有時，我不想人打擾，所以當初我在建造這間個人實驗室之時，就留下了一個十分隱秘的暗門。可以來來去去，不必被人看到。」

我諷刺地道：「對不起，我不知道你在做的是見不得人的勾當。」

胡懷玉口唇掀動了一下，像是想分辯什麼，但是卻沒有說什麼，只是極其疲乏地揮了揮手。

我又道：「我要告辭了，你讓不讓開？」

胡懷玉忽然嘆了一聲：「衛斯理，我不知道，何以我會變得那麼暴躁，本來我不是這樣的人，可是現在，我全然無法控制自己的脾氣，我會莫名其妙地破壞一切，會……」

當他講到這裏時，他雙手捧住了頭，現出十分痛苦的神情。

他那種痛苦，絕不是假裝出來的，我對他十分同情，我把手放在他的肩上：「或許你的工作壓力太重了，或者，你長期服食着什麼提神的藥物？」

胡懷玉用力搖頭否認。我心中不禁暗嘆了一聲，像他的這種情形，其實並不是十分罕見的，這種突然之間，爆發無可控制的壞脾氣，使得一個本來是溫文的人，全身充滿了暴力，由理智而變為橫蠻的例子，在精神病中十分常見，屬於精神分裂那一類，有天生的病例，也有在生活中受了過度刺激而來的病例。

如果胡懷玉真是這樣的精神分裂症患者，那自然十分可惜，因為這種病症，即使經過長時期的醫治和療養，也不是一定可以痊癒，而且誰也不知道在痊癒之後，什麼時候又會發作。

我吸了一口氣：「是不是要我陪你去找一個醫生，檢查一下？」胡懷玉抬頭向我望來：「你以為這是精神分裂的一種症狀？」

我覺得沒有必要隱瞞真相，所以我指了一下實驗室中凌亂的情形：「這一切，顯然不是你所需負責的行為所造成的。」

胡懷玉面上的肌肉抽動了兩下，聲音嘶啞：「是我的行為所造成的，我就要負責。」

我道：「如果你這些行為，由於你自己不能控制的一種精神狀態，那麼……至少在法律上，你可以不必負責。」

胡懷玉又不住搖着頭：「不是這方面的問題，這個研究所是我的，就算我放上兩百公斤炸藥，將之夷為平地，法律上也沒有人向我追究責任。問題是：

當我在這樣做的時候，我十分清楚自己在做什麼，而且盼望着這樣做，也十分清楚感到這樣做了，會給我極大的快樂。」我呆了一呆，才道：「你不覺得這樣……不正常？」胡懷玉想了一想：「很難說。」

我等了片刻，他沒有再說什麼，我就裝作不經意地問，因為如果他真的有精神分裂症的話，他會十分敏感。我問：「你今晚做了些什麼？」

胡懷玉抬着頭，目光緩緩地在實驗室中掃了一周：「你走了之後，我仍然像平日一樣，自己一個人在這裏。突然之間，我覺得一切全是那麼滑稽，那麼……沒有意義……我埋頭埋腦在做研究，希望在科學上有新的發現，那是我一直追求的目標，可是突然之間我想到，就算被我達成了目標，又有什麼意義呢？」

他說到這裏，用一種十分疑惑的神情望定了我，看來是希望在我這裏，得到答案。

我不禁苦笑了一下，胡懷玉提出有關人生哲理的大問題，豈是在如今這樣的情形下用三言兩語就可以回答的？

而且，老實說，就算換一個環境，給我充分的時間，我也回答不出來，這種問題，古今中外，有誰能回答？

我只好反問：「當你這樣想的時候，你怎麼樣？」

胡懷玉忽然笑了起來，他的笑容看來有點慘然：「我？我一想到這一點，立時感到我真是傻瓜，為什麼一天到晚作研究，所以我……我……開始破壞，奇怪的是，當我開始破壞，我感到了無比的樂趣，愈做愈是起勁，終於把這櫃子，也砸破了一面，真是痛快無比……」

他講到這裏，我長嘆一聲：「工作壓力太重了，再加上近日來你又憂慮，又擔心，精神受不起這樣的重壓，你……有病了。」

胡懷玉瞪大眼睛望着我，直截地問了出來：「你是説我有了精神病？」

我也十分直截地回答他：「可以這樣説。」

胡懷玉呆了片刻：「事後，我離開了實驗室，一個人到了海邊，驚訝自己如何會有這樣的行為，在海邊呆了很久，肯定有一些不對頭的事在我身上發生……你也看到，剛才我回來的時候，行為多麼怪異。」

我點了點頭：「你需要休息，和一個專家照顧。」

胡懷玉忽然嘆了一聲：「衛斯理，其實你應該知道是發生了什麼事。」

我呆了一呆，立時明白了他這樣說是什麼意思，我用力一揮手：「別胡思亂想了，像你這種有輕度精神分裂的人，世上不知有多少。」

胡懷玉苦笑着：「我和別人不同，我知道自己為什麼會變成這樣，如果我一直在憂慮着的事，只是這樣，那倒不算太壞。」

我忍不住叫了起來：「你還在鑽牛角尖。」

胡懷玉立時道：「一點也不！那……逃走了的不知道什麼東西，一定已經進了我的身子，更可能是進了我的腦子，在影響着我，我……怕……遲早會被牠征服，到時，我……就不再存在……這不知道是什麼的東西……就佔據了我的軀殼……」

他一面説着，一面現出極恐懼的神色，令我也不由自主，不寒而慄。

可是對他所講的事，我卻一點也不相信。他這時的情形，分明是在精神上受了太大壓力的反應，這種輕度的精神病，應該不難治療。

當下，我又伸手拍了拍他的肩，想安慰他幾句，可是他卻十分緊張地握住了我的手，聲音也在發顫：「衛斯理，你要答應我，如果發展下去，我只剩下了軀殼，腦子被那東西控制了的話，你……要幫助我……別讓那東西藉我的身體來作惡。」

我苦笑了一下，從他這時的神態來看，他的病況，看來遠比我想像的來得嚴重，他堅信自己受了某種不知名生物的侵襲，會有十分嚴重的後果，他實在需要立即去就醫！

我想了一想：「其實你不必太憂心，就算事情真如你所料，一定也有法子可以把東西驅出你的體外。」

胡懷玉皺着眉，十分認真地想了一會：「讓那東西再去害別人？算了吧。」

我又好氣又好笑，從他的話看來，他人格十分偉大，寧願自己受害，也不願把事情擴大再去害別人。

可是，他所堅信的，發生在他自己身上的事，卻又是如此之無稽！

我知道沒有別的話可以勸得信他，所以只好「投其所好」，也來危言聳聽一番：「你怎知道那東西不會以你的身體作基地，大規模地繁殖，去轉害其他人？」

胡懷玉一聽，立時張大口，現出駭然之極的神情，而且在鼻尖上，也沁出了汗珠。

我的話，只要稍微想了想，就可以知道那只是一種「恫嚇」，可是胡懷玉卻如此認真，這證明他對自己的幻想，有着極度的恐慌，我不是精神病專家，可是也知道這種現象絕非什麼好現象，我只好道：「所以，我們要採取措施，不能就這樣算數，一定會有什麼辦法，對付那東西！」

胡懷玉喃喃地道：「你能提供什麼辦法？就算把我腦子切開來，也不見得可以……找到那東西！」

我嘆了一聲：「如果你肯聽我安排……」

我一句話還沒有講完，他已經陡然吼叫了起來：「我知道你在想什麼，你以為我神經有毛病，把我當作瘋子。告訴你，我什麼毛病也沒有，一切，全是那不知什麼東西在作祟，那東西……簡直就是妖魔鬼怪，牠在我的體內作祟！」

我盯着他：「好，那麼我們就去找一個能把在你體內作祟的妖魔鬼怪驅出來的人。」

胡懷玉急速地喘着氣，道：「那……還好一點……那倒可以試一試。」

本來，我來找胡懷玉，因為張堅要我到南極去，邀他也一起去。如今看情形，他的精神狀態如此惡劣，顯然不適宜遠行。要是他在飛機上，或是在南極的冰原上，忽然發起瘋來，那可誰也吃他不消。

如今當務之急，他需要一個好的精神病醫生的治療。所以，我絕口不提張堅在南極打電話來的事，只是搓着手，沉吟着：「讓我想想看，誰有這樣的能力……」

胡懷玉用十分焦切的神情望着我，其實，我心目之中，早已有了合適人選，只不過故作深思之狀，好讓他心中對我想到的人，更具信心。

我想到的是梁若水醫生。這位美麗的女醫生，正是精神病科的專家。而且，我認識她，由於她的同事張強的緣故，而張強，卻正是張堅的弟弟。（世界真小，是不是？）

張強後來不幸死在東京，梁若水和一個生物學家陳島，共同從事各種各樣外來信號對人腦的影響，早兩個月，她又回到了曾服務過的醫院，和我聯絡過。把胡懷玉交給她來治療，再恰當不過的了。

（梁若水、張強和我與白素，曾經在一樁極曲折的事件中共同有過怪異的經歷，全部記述在以《茫點》為名的那個故事之中。）

我故意想了一會，才一揮手：「有了，有一個女……」

我講到這裏，硬生生地把下面「醫生」兩個字，吞了回去，改口道：「有一個女……神人，這個女神人有着不可思議的力量，和對種種神奇的事，有着十分深刻的理解力，她一定可以幫助我們。」

胡懷玉的神情仍然有所疑惑，可是他顯然感到了一定的興趣：「她……肯幫我們？」

我忍住了笑：「我想肯的，不妨讓我和她聯絡，我看你還是先回家去休息？」

胡懷玉苦笑，緩緩點了點頭，我和他一起向實驗室中走去，當來到門口的時候，他又回頭，向那玻璃櫃子望了一眼。

我陡然想起一件事來，忙問：「那櫃子中還有兩塊冰塊，在冰塊中的胚胎，怎麼樣了？」

胡懷玉伸手在自己的臉上，抹了一下，雙眼有點發直：「玻璃被我砸了，低溫不再保持，冰塊迅速溶化。裏面的胚胎，照我估計，不適應突如其來的溫度提高，已經死了。」

胡懷玉這樣說法，自然是合理的。

可是我轉念一想，如果那兩個不知名的胚胎，可以適應溫度的驟然提升呢？或者，牠們在這樣的情形下，反倒更加速成長呢？誰又能知道？

我只是這樣想了想，並沒有說出來，因為胡懷玉的「病況」已經夠嚴重了，我如果再把想的說出來，對他自然沒有好處。

實驗室的門一打開，在門外本來顯然是在竊竊私語的一些人，立時住了口，雖然他們竭力裝出若無其事，可是他們望向胡懷玉的眼光，仍然掩飾不了那種怪異。胡懷玉向其中一個吩咐了幾句，就和我一起走了出來，我請他上我的車子，他也沒有拒絕。

我駕着車，沿着海邊的路，駛向市區，他指着一處海邊，說道：「剛才，我就在這裏，一個人坐着，想着種種的問題。」

車子未進入市區，在胡懷玉的指點之下，轉進了一條小路，又駛了一會，看到了一幢建造在山坳中的相當古舊的房子。

我未曾到過胡懷玉的住所，但是再也想不到，像他這樣一個主持着一間龐大的研究所，走在人類科學前端的科學家，會住在一幢那麼古舊的大房子中。

那房子只是古舊，並不殘。屋子至少有超過三百年的歷史，整幢建築物，可以列入為「古蹟」保護範圍。

古屋保養修飾得相當好，門口有一對巨大的石麒麟，大門上，甚至還有着匾，匾上題的是「海闊天空」四個字。

很少看到舊屋子的大門橫匾上題着這四個字的，或許是胡懷玉的祖先，十分酷愛自由的緣故？

我並沒有問他，和他一起下了車，胡懷玉猶豫了一下：「進去坐坐？」

我對這古舊的屋子感到了興趣，雖然聽出胡懷玉的邀請只是一種客套，並不是太有誠意，但是我還是立即點頭：「好。」

胡懷玉神情有點不自在，我裝作不知道，已經來到了門口。

屋子的兩扇門，自中間打開，門上有着銅環。胡懷玉跟了上來，四周圍極靜，我道：「你……一個人住？」

胡懷玉搖了搖頭：「事實上我很少回來，有幾個老親戚在看房子，不必打擾他們了。」

他取出鑰匙來，打開了鎖——古舊屋子的門是沒有鎖，那門鎖顯然是後來配上去的。最妙的是，當胡懷玉推開大門時，大門的轉軸，還發出了「吱——呀」一下聲響，我像是走進了什麼電影的佈景之中。

進了門，是一個很大的天井，然後是一列亮牆，胡懷玉推開了一扇，閃身讓我進去，一面道：「到我書房去坐坐，這裏太大，太陰森。」

這時，我在一個相當大的廳堂中，在黑暗中可以看出，一切的陳設，全是古老的。奇的是在大廳中，有幾件一時之間，在黑暗中看不真切，奇形怪狀，卻又相當大的東西擺着。

那幾件東西，等我略為走近一些，才看清那是幾艘船隻的模型，精緻之極，每一艘將近有兩公尺長，上面的帆、桅、艙、舵，一應俱全，手工精巧得無以復加。

我從來也未曾見過那麼精美大型的船隻模型，雖然在黑暗之中，看了之後，也不禁發出由衷的讚歎聲來，可是胡懷玉顯然無意向我介紹那些模型，只是急急向前走去，我自然只好跟在後面。

不一會，進了一間房間，他着亮了電燈——電燈自然是近年裝上去的。那是一間相當大，古色古香的書房。但也有與一般書房不同的地方，在牆上，掛着許多兵器，有刀有劍，還有許多外門兵器，看起來，像是武俠小說之中，什麼武林大豪的書房。

我猜想胡懷玉的祖上，可能是武將，更有可能，是清朝海軍（水師）的高級將官之類。

胡懷玉在書房的一邊，推開了一道暗門，裏面是一間相當精巧的臥室，他道：「我就住在這裏。老房子，有很多不方便，但是有一樣好處，睡在這樣的房間中，像是把自己關在保險箱裏，有安全感。」

我點了點頭，表示同意，他卻又立時憂慮起來：「可是，不知是什麼東西，侵入了身子，還有什麼環境是安全的？」

離開研究所以後，他一直都很正常，這時，他又說起這種話來了，我忙岔了開去：「明天你就去找那位女……女神人，她會幫你，我給你她的地址。」

我在那張古老的檀木書桌架上找到了紙筆，把梁若水的住址，寫了下來。

我當然想到，一離開這裏，我就要先和她聯絡，把胡懷玉的情形告訴她，同時，也要請她維持「女神人」的身分。

我把紙條遞給了胡懷玉，他十分珍重地摺了起來，放好，我又道：「明天我有遠行，你自己去找她，一定沒有問題。」

他一聽說我要遠行，又現出惶然的神情來：「如果……如果……那東西繼續……侵襲我……使我……不能自己控制自己……那怎麼辦？」

我只好道：「女神人會幫助你的。」

胡懷玉雙手掩住了臉，自喉間發出了一陣「嗚嗚」的呻吟聲來：「有時，我覺得自己……像是傳說中的『午夜人狼』。好好的一個人，一到午夜，就會變成一頭狼。」

我駭然失笑：「你怎麼不想像自己會變成吸血殭屍？」

我是在譏刺他胡思亂想，可是這個人的精神狀態，真是緊張至於極點，他一聽得我這樣說，一點也不知道我的真正意思，只是驚惶失措地連聲問：「會嗎？會變成吸血殭屍？我會變成吸血殭屍？」

我忙道：「不會，不會，當然不會。」

他還是不相信：「不會？那你剛才為什麼會這樣說？」

我嘆了一聲：「我是說你的想像力太豐富了！」

胡懷玉苦笑了一下：「發生在我身上的變化，只有我自己才知道……別人……即使是你，也無法明白。」

我只是敷衍地道：「是啊，所謂如人飲水，冷暖自知，發生在一個人身上的變化，本來就只有自己一個人才明白。」

胡懷玉呆了片刻，打開了一隻抽屜，指一本日記本：「我覺得有事情發生，就開始把我感覺到的變化，詳細記了下來，我的文字運用不是很好，但已經盡了力，到我再也敵不過……那不知是什麼妖魔時……至少可以給別人知道我是怎麼輸的。」

聽他說得這樣認真，我除了苦笑之外，沒有什麼話好說，我只是斜眼看了那本日記簿一眼，心想如果是一個精神分裂症患者，用心把他思想中不同點，記錄下來，只怕很有心理學上的價值。如果寫日記的人文采夠好，說不定還有文學價值，總比作家刻意寫出來的「瘋人日記」之類好多了。

我一面想着，一面和他隨意閒談着，過了不一會，看他十分疲倦，我就起身告辭，他要送我出去，我攔住了他：「不必了，我自己會出去，記得明天去找能幫助你的人。」

他疲倦得連點頭的氣力也沒有，只是頹然坐在椅子上，也沒有再客氣，我獨自一個人走了出去。經過那個黑暗的大廳，我又在那四艘船隻的模型前，停了好一會。

那幾艘古代的中國式海船的模型，真是精緻絕倫，我點着了打火機，仔細觀察它們，發現船模型凡是用到木頭的部分，全是上佳的酸枝紅木，金屬部分，全是錚亮的白銅。

那幾艘船，看來像是大型的商船，但是在兩邊舷上，又有着具體而微的大炮，最多大炮的一艘船上，有二十四門之多。

所有的帆，全都潔淨如新，每一艘船上都有旗幟，旗上是精工繡出來的「胡」字，自然是胡懷玉祖先的旗號。

我看了相當久，才離開那幢古老的屋子，駕車回家，回到住所，已經凌晨三點了。白素在看書，我把胡懷玉的情形，向她大致說了一下，她也同意我的結論：胡懷玉的精神狀態不正常。

我故意不望向白素：「看來我只好一個人到南極去了。」

白素笑了一下，不置可否，我取起了電話來，她才道：「現在打電話給人，好像不是很合適？」

我道：「我怕他明天一早就去找梁若水，還是早點安排的好。」

白素蹙着眉：「我以為至少，他第一次見梁若水的時候，你要在場，或者，把梁醫生約到我們家中來。」

第五部

超級頑童膽大妄為

我想了一想，放下了電話：「對，到南極去，路途遙遠，也不在乎遲一天半天。」

當晚，我一直在想着張堅不知道是發現了什麼怪事，要我非去不可。可惡的是，他在電話之中，什麼也不説，叫我設想一下，也無從設想起。

第二天一早，我就和梁若水通了一個電話，請她在家裏等我，然後，我驅車前往。梁若水還是住在老地方，看到了我很高興，我先問她：「陳島的蛾類研究，有什麼進展？」

梁若水緩緩搖着頭道：「很難説。人的腦部，肯定可以直接接受外來的信號，信號強烈時，甚至可以使人的行為整個改變，可是卻始終無法找出什麼類型的信號，才能肯定地被人腦接受，像是完全沒有規律可循。」

我問：「那麼，在不斷的實驗之中，至少有過碰巧成功的例子？」

梁若水答：「是。所有參加實驗研究的人，全是自願的，因為在一切不可知的因素下，會有可能產生十分可怕的後果。」

我想起發生在《茫點》這個故事中的一些事來，由衷地道：「真是，要是人忽然在鏡子中看不見自己了，或是老覺得有一隻蛾在手，的確可怕。成功的例子是……」

梁若水道：「其實，不能算是什麼成功，參加實驗的人，在忽然的情形下，會有十分怪異的幻覺，一個年輕人有一次，就見到了無數鬼怪。」

我不禁駭然：「無數鬼怪？那是什麼意思？」

梁若水攤了攤手：「他自己也形容不出來，只是在那一剎間，不知是什麼信號，使他有了看到無數奇形怪狀東西的感覺，而究竟是哪一組信號使他有了這種幻覺的，全然找不出來。」

我想了一想，說道：「那只好不斷研究下去。我來找你，是因為有一個朋友，看來像是患了精神病……」

我把胡懷玉的情形，詳細說了一遍，最後道：「他堅決相信有什麼……不知是什麼東西的東西，進入了他的身體，他正在和那種他稱之為妖魔鬼怪的東西作鬥爭。對他來說，這種鬥爭，像是非常劇烈。」

梁若水點頭：「是的，世上最慘烈的鬥爭，就是自己和自己的鬥爭——像那位胡先生這樣的情形，作為一個精神病醫生，不知見過多少了，你放心，把他交給我好了，我可以扮演驅除他體內邪魔的角色。」

聽得梁若水這樣講，我自然大大放了心，不過我還是説了一句：「他自己絕不認為自己有病，而且，還認為他自己和別的精神分裂症者不同。」

梁若水淡淡然笑着：「每一個精神分裂病者，都這樣想，等他來了，我自有處置之法。」

我自然沒有理由不放心，我們又閒談了一會，梁若水忽然感慨起來：「人腦的構造，真是複雜。像精神分裂症，已經有了不知多少宗病例，它的症狀，甚至醫療方法，也都被固定了下來，治療的百分比高。可是，導致一個人患上精神分裂症的原因，卻一點頭緒也沒有。只知道腦部有什麼地方不對頭，可是病因、病原，完全不能尋找。」

我同意她的看法：「是啊，構成人腦有幾十億個各種不同類型、不同功用的細胞，只要其中單一的一個出了點毛病，整個腦部的功能運行，就會出差錯，總不能把人腦的幾十億個細胞，逐一檢查。」

梁若水嘆了一聲：「就算能逐一檢查，也沒有用，因為即使在放大了幾千倍的電子顯微鏡下，也無法知道何者是正常，何者出了毛病，就算是專家，也未必能真正了解自己，唉。」

她神情傷感，我知道她一定是想起了她的好友，因為腦部活動受了不明信號干擾而墮樓致死的張強，只好陪她嘆了一下，然後告辭。

離開梁若水的住所，我的心情倒相當輕鬆，因為我知道胡懷玉必然會去找她，聽她的口氣，胡懷玉的症狀不算是嚴重，可以治療。那使我可以放心到南極去。

我趕着去辦各種手續，到南極去見張堅。早若干年，我曾到過南極一次，幾乎沒有在冰天雪地之中死去，這次再去，自然不會有什麼恐懼，但是多準備一下總是好的。

我在中午時分回到住所，訂好了下午起飛到紐西蘭的班機，所餘的時間不能算多，我才到門口，就看到門口停着溫家的車子。

我不禁皺了皺眉，一進屋子，看到坐在客廳中的，又是溫寶裕的父母，我更是厭煩。雖然，我看到溫太太雙眼紅腫，溫大富一臉悽惶，看來有相當嚴重的事，但是我不打算理會。

白素也沒有陪着他們，在我進來之後，她才在樓梯上出現，溫大富一見我進來，就站了起來，語帶哭音：「寶裕……失蹤了。」我向樓梯走去，先是怔了一怔，隨即道：「你可以通知全市的警察到我這裏來搜，看他是不是在這裏。」

溫大富急忙道：「衛先生，我不是這個意思，我是說，我的意思是，能不能請你幫幫忙找一找他，他還小，現在社會又不太平，他離家出走，唉，後果真是不堪設想，真是……」

溫大富真是急了，竟然抽抽噎噎哭了起來，他一哭，他那位肥胖但十分美麗的妻子，也跟着哭出聲來。一時之間，客廳之中，大有哭聲震天之勢，我真不知道是生他們的氣好，還是同情他們好，只好向白素望去，白素嘆了一聲：「我勸他們報警，他們卻不肯聽，一定要等你回來，請你幫忙。」

我已經上了幾級樓梯，轉過身來：「你們最好報警，我想他不會走遠。」

溫大富連連搖頭：「他昨晚回家，一進房間就沒有出來，看來連夜跳窗子逃走，警方説，沒超過二十四小時，不受理。」

我一揮手：「那就等到滿了二十四小時再去報警，我立刻有遠行，不能奉陪。」

説着，我就自顧自上了樓梯，半小時之後，當我提着手提箱下來時，發現他們還在，白素正在打電話，我只聽到最後一句：「黃先生，多多拜託。」

白素放下電話，望向他們兩夫妻：「我已對一個高級警官説了，他叫黃堂，你們這就可以到警局去見他。」

我悶哼了一聲：「黃堂是警方特別工作組主任，一個少年離家出走也去找他！」

白素向我作了一個手勢，溫氏夫婦千恩萬謝，走了出去，白素搖着頭：「可憐天下父母心。」

我「哼」了一聲：「天下也有不是的父母。」

白素瞪了我一下：「至少他們兩夫婦不是，寶裕這孩子也真是，上哪兒去了？他父母說他把自己名下的存摺帶走，他們到銀行去問過，一筆相當大的數目的存款，全叫取走了，他們擔心是受了匪徒的脅迫。」

我笑道：「對，就像他拿了犀角，他們以為是我教的一樣。對了，梁若水……」

白素接過了話頭：「梁若水打過電話來，胡懷玉已經去找她，她說沒有什麼大問題。」

白素和我一起上車，直駛向機場。上了飛機之後，我只是看書，沒有什麼事可做。

長途飛行，十分乏味，唯有看書，才能打發時間，飛機在紐西蘭着陸，我還要轉搭小飛機到因維卡吉市去，等我到了因維卡吉市時，有兩個人，舉着有我名字的紙牌在接我，我向他們走了過去。

兩個人都年紀很輕，體魄強壯，面色紅潤。他們自我介紹，是紐西蘭國家南極探險隊的工作人員，和我用力握着手，指着一架小飛機：「張博士說，衛先生自己會駕駛這型飛機。」

我向飛機看了一眼，點了點頭。這兩個人，忽然之間，像是十分有趣地笑了起來。

我有點莫名其妙，向他們望了一眼，他們立時斂起了笑容，鬼頭鬼腦。

二人其中一個，把一大疊文件交給我：「所有飛行資料全在這裏，你和控制塔聯絡，就可以起飛，經麥克貴里島，到巴利尼島。到了巴利尼之後，會有探險人員再和你聯絡。」

我把飛行資料接了過來，先約略翻了翻，和他們一起到了那架小型飛機的旁邊，在我登機之際，我又發現他們兩人，有點鬼頭鬼腦的神情，這使我感到有點難以忍耐，我陡然回頭：「你們有什麼事瞞着我？」

那兩人吃了一驚，忙道：「沒有。沒有。」

他們這種態度，真是欲蓋彌彰，可是我想了一想，我和他們素不相識，他們的言語之間，又對張堅充滿了敬意，實在不可能害我的。

他們看來有點鬼祟，但是卻並不像有什麼惡意，我一面想着，一面指着他們：「真有什麼事，還是快些講出來的好。」

兩個人一起舉起手來作發誓狀：「沒有，真沒有，我們有什麼事要瞞你？」

我心中仍是十分疑惑，但一時之間推究不出什麼，總不能一直向他們逼問下去，只好瞪了他們一眼，上了機。我在駕駛艙中坐定，看到那兩個人你推我打，嘻哈大笑着奔了開去，而且頻頻回頭，望向飛機，這更使我疑惑，他們可能在飛機上做了什麼手腳。

但是如果他們在飛機上做了手腳害我，神態又不可能這樣輕鬆，這真叫人有點摸不着頭腦。

我開始和控制塔聯絡，不多久，就滑上了跑道，起飛，小飛機的性能極好，速度也極高，三小時之後，就已經在麥克貴里島降落，增添燃料之後再起飛，又三小時之後，到達了巴利尼島。

巴利尼島在南極大陸的邊緣，我到的時候，算來應該是天黑了，但是整個空間，卻瀰漫着一種如同晨曦也似的明灰色，這正是南極大陸的連續的白晝期。南極的白晝期，也是南極的暖季，可是所謂暖季，溫度也在攝氏零度之下，我打開艙門，寒風迎面撲來。

我才一下機，就有一個人迎了上來，熱烈地和我握着手，這個人留着濃密的鬍子，鬍子上全是冰屑，以至連他的面目也看不清楚。

他操着濃厚的澳洲口音的英語，對我表示熱烈的歡迎：「張博士已經回基地去了，我是探險隊的聯絡負責人，張博士吩咐過，你一到，就有適宜雪地降落的特種探險用飛機給你使用。」

他說着，向停機坪不遠處的一架飛機，指了指。我知道這種專為探險用而設計的飛機，可以在天氣惡劣的南極上空飛行——南極大陸上空，不論是寒季還是暖季，終年受西風寒流所籠罩。

在那裏，就算是最「風平浪靜」的日子，風速也達到每秒鐘二十公尺，風大的時候，風速可以高達每秒七十公尺以上，普通飛機無法在南極上空順利飛行。

這種特殊設計的飛機，可以在惡劣的環境之中，降落在南極的冰原上——整個南極大陸，有百分之九十三長期受冰雪覆蓋，只有少數邊緣地區才在一年之中，難得有零度以上的天氣。南極的冰封面積比北極大五倍左右，想找一個沒有冰層的地方降落，幾乎不可能。

我也知道這種飛機有完善的救生設備、通訊設備和食物，可以在萬一失事的情形下，作最長時間的堅持，救援隊便能夠救援失事者。

這種飛機，全世界不超過五架，全供各國在南極的探險隊所用，由各國政府，不論政治立場如何敵對，共同出資建造——在南極，有着人類在科學上高度合作的典範，即使是在美國和蘇聯的冷戰最激烈的時期，在南極的美國科學家和蘇聯科學家，還是抱着共同目標在努力工作，並無歧見。

所以，我看到張堅留下了這樣的飛機供我使用，覺得十分滿意，那人又邀我去休息一下，我也表示同意，和他一起步向一幢建築物。

在休息期間，我試圖在那人身上，多少問出一些張堅究竟遇到了什麼奇事的端倪，可是那人卻什麼也不知道。我休息了大約一小時，享用了一頓味道雖然不是很好，可是卻熱騰騰的飯餐和熟讀了飛行資料。

然後，他又送我到了那架飛機之旁，有兩個地勤人員正做好了最後的檢查工作，做着手勢離開。他們向我望來，我又在他們臉上，看到了那種似笑非笑、鬼頭鬼腦的神情。

這真使我疑惑到了極點：為什麼老是有人用這種神情對我？

這使我不能不警惕，因為根據資料，從這裏飛到張堅所在的基地，航程超過一千公里，需時六小時，如果飛機上做了什麼手腳，在遼闊的南極冰原上，救生設備再好，流落起來也絕不愉快。

所以，我一看到兩人有這種神情，就立時停步：「飛機有什麼不妥？」

那兩個人呆了一呆，一個道：「沒有不妥，燃料足夠一千五百公里使用，你的航程，只是一千兩百公里，沒有問題。」

另一個也道：「沒有問題，你一上飛機，立時就可以起飛，沒有問題。」

這兩個人的神態，和上次那兩個人一樣。

我吸了一口氣，空氣冰冷，我還未曾再問什麼，他們已急急走了開去。

那個聯絡主任看來像是全不知情，只是說着：「現在是南極的白晝期，你不必採取太高的高度飛行，可以欣賞南極冰原的壯麗景色，甚至可以遠眺整個南極上最高的維索高地的冰川。」

我「嗯嗯」地答應着，有點心不在焉，可是想來想去，又想不出什麼來。

由於心中有了疑惑，所以特別小心，對救生設備作了詳細的檢查，又從電腦上確定了機上的各部分都操作正常，才開始起飛。

一切都沒有什麼異狀，我只求飛行平穩，倒不在乎是不是可以欣賞到壯麗的景色，把飛行高度盡可能提高。

望出去，不是皚皚的白雪，就是閃着亮光的冰層。高山峻嶺，從上面看下去，顯不出它們的高峻，感覺上看來像是一道一道的冰溝。

一切正常，再有一小時，就可以降落了，我嘗試和張堅的基地通話，不多久，就有了結果，基地方面說天氣良好，隨時可以降落。

在南極冰原上降落，不需要跑道，只要在基地附近，找一幅比較平坦的地方就可以了。

看來，我的疑心是多餘的，或許是寒冷的天氣，使人會有那種似笑非笑的神情。

正當我在這樣想的時候，突然在我的身後，響起了一個聲音，在叫着「衛先生。」

那是極普通的一下叫喚，我一生之中，被人這樣叫，不知有多少次了，可是卻從來也沒有一次像這次那樣吃驚過！

在南極冰原的上空，明明只是我一個人在駕着飛機，而忽然之間，身後有人在叫我，這怎能不令人吃驚？我一面陡然回頭，在回頭去的那一剎間，心念電轉，已作了許多設想，其中的一個設想甚至想到了，是不是胡懷玉所說的「那個東西」在我身後呢？

可是，當我一轉過頭來時，我卻在剎那之間，什麼都明白了。

一時之間，我真不知道是吃驚好，還是生氣好，或者是大笑好！

在我身後，站着一個人，一副調皮的神情望着我，這個人，竟然是溫寶裕！

我不明白在這樣的情形下，有什麼可笑的，但可能是由於我那種錯愕的神情，看起來相當滑稽之故，所以溫寶裕一和我打了一個照面，就「哈哈」笑了起來。

他一面笑着，一面擠了過來，就在我的身邊的一個座位上，坐了下來，說道：「你無法把我送回去了——回去燃料不夠，你只好把我帶到基地去。」溫寶裕會突然出現在飛機上，自然意外之極。

我一看到了溫寶裕，前後兩批和飛機有關的人，為什麼那樣鬼頭鬼腦，倒十分容易明白了。

在我離開住所之前，他的父母已經聲稱他提走了他名下所有的銀行存款「失蹤」了，毫無疑問，他一定先我一步，到了紐西蘭。

他曾在我書房中，聽到了我和張堅的對話，知道了我的行蹤，和我與探險隊成員聯絡的方法，他趕在我前面，可以令得和我聯絡的人，相信他和我在一起。

他是用什麼方法使那些人不對我說的呢？多半是「想給我一個意外的驚喜」之類，西方人最喜歡這一套，尤其是溫寶裕能說會道，樣子又討人喜歡，在南極邊緣工作的人，生活都十分單調，自然容易幫他。

（後來，事實證明我的猜測，完全正確。）

問題是，他自稱是我的什麼人，才能使人家相信他呢？我盯着他，眼神自然十分嚴厲，這小子，他也覺得有點不對了，笑容消失，現出一副可憐的樣子。他的表情雖然十足，可是我可以斷定那是他在「演戲」，這個少年人，是一個十足的小滑頭。

我冷冷地問：「你對人家說，你是我的什麼人？」

溫寶裕吞了一口口水：「我……說是你的……助手。」

我悶哼了一聲：「助手？有理由助手的行動，要瞞着不讓我知道嗎？」

溫寶裕眨着眼：「我說……你的南極之行，非要我隨行不可，可是在出發之前，不論你怎麼說，我都不肯答應。」

一聽得他說到這裏，我已經忍不住發出了一下悶吼聲，溫寶裕怕我打他，縮了縮身子，又用手抱住了頭，眼睛眨着，一副可憐狀。

我冷笑道：「不必在我面前裝模作樣，你父母會吃你這一套，我不會。」

被我揭穿了他的「陰謀」，他多少有點尷尬，訕訕地放下手來：「所以，我告訴他們，我終於肯來，你一定會很高興，但是我要給你一個意外的驚喜，他們就答應了我的要求。」

我吸了一口氣，這小滑頭，真的，飛回去，燃料不夠，只好把他帶到基地上去，但是他以為我沒有辦法對付他了嗎？那他就大錯而特錯了。

我冷笑一聲：「一到基地，我絕不會讓你下機，立刻加油，自然有人把你送回去。」

溫寶裕吞了一口口水：「這……又何必呢？古語說，既來之，則安之……」

我不等他講完，就大吼一聲：「去你的古語。」

溫寶裕忙道：「好好，不說古語，只說今語，或許我真的可以幫助你，不一定完全沒有用。」

我冷笑：「你有什麼用？」

溫寶裕對答如流：「這也很難說，獅子和老鼠的寓言，你一定知道，當老鼠說可以有機會報答獅子的時候，獅子也不會相信。」

我真是又好氣又好笑：「任憑你說破了三寸不爛之舌，我也不會聽你，你父母因為你的失蹤，焦急得像熱鍋上的螞蟻，你還在這裏和我說寓言故事。」

溫寶裕道：「他們現在已經知道我和你在一起了，我在上機之前，寫了一封信給他們，詳細説明了一切，他們知道我和你在一起，自然再放心也沒有。」

我瞪着他，這小滑頭，做事情倒有計劃：「這樣説來，我又多了一條拐帶罪了。」

溫寶裕忙分辯：「不！不！我信裏説得很明白，一切全是我自己想出來的主意，不過……不過……」

他略頓了一頓：「不過我告訴他們，你一定會答應照顧我的。」

我沒好氣：「我要照顧你！用我的方法：立刻要人把你送回去，絕不會讓你下機。」

溫寶裕聽出我的語氣極其堅決，他抿着嘴，沉默了一會，才道：「如果真是這樣，那我會在歸途從飛機跳下去，我知道緊急逃生設備在何處。」

我「哈哈」大笑：「歡迎之至，你未曾落地，整個人就會變成一根冰柱，希望你落地時，不至於碎裂得太厲害，你真要跳，現在就可以跳。」

溫寶裕哭喪着臉：「衛先生，你真沒有人情味。」

我立時道：「你說對了，半分也沒有。」

溫寶裕緊抿着嘴，不再出聲。這時，飛機離目的地已不是很遠，我又檢查了一下降落前的準備工作，同時開始和基地作正式的無線電聯繫。

溫寶裕忽然又問：「你的第一次冒險，是在什麼時候開始的？」

我一聽得他這樣問我，已經知道了他的用意何在，所以立時道：「可能比你更早，但那是自然而然來的，不是我用手段，欺騙和隱瞞去刻意追求，像你這樣子，只怕一生也找不到什麼真正驚險的經歷。」

溫寶裕急急分辯：「不，不，我不是刻意追求，對我來說，這次到南極來最自然，任何事情，用上一點小小的手段，是免不了的，相信你也不止一次用過同樣的手段。」

我懶得再和他爭辯，這個少年，不但聰明，而且簡直有點無賴，我一生之中，和各種各樣的人打過交道，可是和這樣的少年人打交道，倒真還是第一次。

溫寶裕說着，忽然又叫了起來：「衛先生，我可能是人類有史以來，到達南極的最年輕的一個人。」

我更正他的話：「到達南極上空的最年輕的一個人，我不會讓你下飛機，你沒有機會踏足南極大陸。」

他眨着眼望着我，我已經和基地通完了話，我大聲吩咐：我需要立時替飛機加滿回程的燃料，同時希望有駕駛員可以立刻將飛機飛回去，因為有一個意外的搭客在飛機上，他是混騙上來的。

基地方面的回答十分吃驚：「怎麼會有這種情形。」

我還沒有回答，溫寶裕像是明知沒有希望了，所以豁了出來，對無線電通訊儀大聲叫：「這是由於衛斯理先生的疏忽。」

我用力把他推了開去，他倒在座位上，我又吩咐，同時令飛機的高度迅速減低，不一會，已經可以看到下面一望無際的冰原之上，探險隊基地的各種建築物和旗幟，以及在適合飛機降落處所作的標誌，同時也看到一輛雪車駛向前，車上有一個人，正在揮動着一幅相當巨大的紅布。

我估計這個在車上的人，可能就是張堅，這時，我當然不能和他打招呼，只是專心於飛機的降落。當飛機終於落地，在冰面上滑行，而我也放出了減速傘之後，溫寶裕作最後掙扎：「衛先生，求求你，我已經來了，就讓我留下來。」

我堅決地道：「不行。」

溫寶裕道：「我就留在基地，哪裏也不去。」

我冷笑：「你以為南極探險基地是少年冬令營，隨時歡迎外來者參加？你知道南極的生存條件有多差，你隨時可以死亡，到時，我就會成為殺人的幫兇，不行！」

溫寶裕深深吸了一口氣：「如果我說，我已有足夠的準備……」

我打斷了他的話頭：「你的所謂禦寒準備，只能參加城市郊外的冬令營。」

飛機在這時，完全停了下來，溫寶裕向機門望了一眼，看他的情形像是想強衝下去。可是不等他有任何動作，我已經發出了一下嚴厲的冷笑聲。這樣的冷笑聲，足以使得一個恐怖分子不敢輕舉妄動了，何況是溫寶裕。

果然，溫寶裕乖乖地坐着，不敢再動，我已經看到，停在不遠處的雪車又向前駛來，當我打開艙門時，車子恰好駛到近前，在車上的那人果然是張堅。他拉下口罩，大聲叫着。

我和他相隔不過十來公尺，可是由於風勢強勁的緣故，他在叫些什麼，我一點也聽不到，我向前做着手勢，示意他過來。

他下了車，踏着積雪，向前走來，上了登機的梯級，我讓他進了機艙。

他進了機艙之後，第一個向他打招呼的居然不是我，而是溫寶裕。

溫寶裕向他一揚手：「嗨，張博士，你好。」

張堅怔了一怔，拉下了厚厚的帽子和雪鏡，我也忙把機艙門關上，外面的氣溫至少是攝氏零下十多度，不是沒有禦寒設備可以受得住的。

張堅向溫寶裕望去，現出極訝異的神色來，笑道：「嗨，小朋友，你好！」

我忙道：「張堅，別和他多說話，他是一個小滑頭，你這種獃頭獃腦的科學家，不夠他來。」

張堅顯然不明我的勸告，十分有興趣地望着溫寶裕，而且，立時和他互相眨眼睛。

我連忙橫身，擱在他們兩個人的中間，不讓他們繼續眉來眼去，因為我知道，只要給他們兩人有說上十句話的機會，溫寶裕一定有辦法被張堅邀請他在基地住下來。

所以，我一隔開了他們之後，立時正色對張堅道：「你聽着，這孩子的事，完全由我來處理，你只要多一句口，我不管你這裏發生了什麼事，立刻就走。」

張堅張大了口，忙道：「好，我不說，我不說。」

他一面說「不說」，一面還是多了一句口：「這孩子，他竟然能瞞過了你混上機來，真不簡單。」

溫寶裕大聲叫：「張博士，准我留下來。」

張堅搔着頭，想代他求情，我轉過頭去，狠狠瞪着溫寶裕：「你再說一句話，我就把你打昏過去。」

溫寶裕後退了一步，望着我，一聲不出，神情十分古怪。

我「哼」地一聲：「你心裏在罵我什麼？」

這小鬼頭也真可惡，他不回答「沒有罵」，卻說：「不告訴你。」

張堅聽得他這樣回答，不禁「哈哈」大笑起來：「原來衛斯理也會有沒做手腳處的時候。」

我決計不會讓溫寶裕跟在我的身邊。雖然我絕不討厭他，還十分喜歡他的機靈和富於想像力，可是南極的環境實在太惡劣，絕不是城市少年所能適應，如果是別的環境，我早已答應他的要求了。

我只是揮了揮手：「請通知基地人員加燃料，立即駕機回去，並且押送這孩子回紐西蘭，到了紐西蘭之後，就不必再理他，他知道怎麼來，就知道怎麼回去。」

張堅點了點頭，拿起隨身帶着的無線電對講機，吩咐了下去，小聲對我道：「有一位日本的海洋學家田中博士恰好要回去，由他駕機走好了。」

我悶哼了一聲，張堅又道：「這次我叫你來……」

他講到這裏，忽然吞吐了起來，我向他作了一個儘管說的手勢。

張堅喃喃地道：「照說是不會有意外的，冰層下航行的深水潛艇，我已經航行過很多次了，你必須和我一起乘坐這種小潛艇。」

溫寶裕存心搗蛋，我還沒有說什麼，他已經叫：「他不敢去，我去。」

我笑着：「當然沒有問題，你在冰層下，究竟發現了什麼？」

張堅的神情極猶豫：「我不知道，或者說，我不能確定，所以一定要你來看看，聽聽你的意見。」

我吸了一口氣：「和上次一樣，是來自外星的……」

溫寶裕立時又接了上去：「綠色小人的屍體？」

他知道我上次在南極，和張堅一起，發現過「來自外星的綠色小人的屍體」，自然曾看過我記述的題名為《地心洪爐》的故事。

張堅呵呵笑着，向他偷偷招了招手：「原來你知道，所以你才知道我是誰？你叫什麼名字？」

溫寶裕忙道：「我叫溫寶裕。」

張堅還想說什麼，我的臉色已經變得極難看，嚇得張堅不敢再說下去。

我問：「究竟是什麼東西，你難道一點概念也沒有？」

張堅努力想着，像是想說出一個概念來，可是過了一會，他嘆了一聲：「人類的語言，實在十分貧乏，只能形容一些日常生活中見過的東西，對於不知道是什麼東西的東西，無法形容。」

我心中震動了一下，因為「不知是什麼東西的東西」這種說法，聽來十分累贅，可是我卻不是第一次聽到，胡懷玉就曾不止一次地提到過，冰塊中的胚胎，會發展成為「不知是什麼東西的東西」。

張堅連一個大概也形容不出來，真難想像那究竟是怎麼一回事。

我想了一下，就沒有再想下去，因為反正張堅會帶我去看的。這時，我看到一輛加油車已駛近飛機，開始加添燃料了。

我想起了胡懷玉，搖頭嘆息：「胡懷玉的情形不是很好，我看他患有精神分裂，我來的時候，把他託給了梁若水醫生。」

一提起梁若水，張堅自然想起了他的弟弟張強來，他默然了半晌，才道：「怎麼一個情形？」

我把胡懷玉的情形簡單地說了一遍，張堅皺着眉，溫寶裕忽然大聲道：「我倒認為真的有什麼侵入了他的腦部，要把他的身軀據為己有。」

我厲聲道：「這只是一個精神分裂症患者的幻想，這種現象十分普通，並不是他一個人所獨有。」

我真不明白，我何以會忍不住去和這個小頑童多辯，溫寶裕的回答來得極快：「或許，所有所謂精神分裂症患者，全由於不可知的東西侵入了他們的腦部，誰知道？」

我哼了一聲，他作這樣的設想，不見得有根據，可是卻也不失為一種設想，所以我並沒有反駁他的話，溫寶裕神氣了起來：「一些很奇特的現象，有時會被當作是普通的現象，在這種情形下，真相就永遠不能被發現了。」

我真是又好氣又好笑：「對，應該在他面前去燒犀牛角，看看入侵他腦部的是什麼鬼怪。」

溫寶裕的臉紅了起來，張堅大感興趣：「說得倒也有道理。什麼燃燒犀牛角，怎麼一回事？」

我揮了揮手：「傻事，別說它了，那位田中博士來了，我看見。」

我又看到了一輛雪車駛來，一個人跳了下來，向飛機揮着手。

我過去打開艙門，讓那個人上來，那人除下了帽子，口罩和雪鏡，至少已在五十歲以上，而且看起來，不像有現代知識，倒像是日本小飯店中的老廚師。

張堅十分熱切地向我介紹，我表示懷疑：「博士，你肯定會操縱這架飛機？」

田中呵呵笑着，一副好脾氣的樣子：「會，會，我駕駛這種飛機，來回過好多次了。」

聽得他這樣說，我自然不再懷疑，我指着溫寶裕：「這是一個超級頑童，他偷上機來，要勞煩你送他回去，他的父母已經報了警，我相信他居住的城市已有了他出境的紀錄，一定通過國際警方在找他。」

田中斜着頭，望着溫寶裕，十分有興趣。我又叮囑了幾句，要他小心防範溫寶裕，就穿上了外套，戴上了雪鏡和帽子，和張堅一起下了機。

下機之後，我還不放心，駛開一些距離，看着飛機起飛，我和張堅才一起到了基地的建築物。在進去的時候，張堅壓低了聲音對我道：「我沒有把發現告訴過任何人，你在其他人面前，不必提起。」

我十分疑惑：「為什麼不讓大家知道？」

張堅嘆了一聲：「我不知道那是什麼現象，何必引起整個探險隊的驚惶不安？」

我更吃了一驚：「有危險性？」

張堅仍然是那種迷惘的神情：「我不知道，要等你去看了之後，才能下判斷。」

我給他的態度弄得疑惑之甚：「那麼我們應該盡快去看一看。」

張堅神色凝重，點了點頭：「隨時可以出發，你不需要休息一下？」

我性子急：「為什麼要休息？」

張堅想了一想：「好，那我們拿了裝備就走。」

探險隊基地的建築物之中，有着不少人，都和張堅打着招呼並且對我這個陌生人投以好奇的眼光，張堅一副心不在焉的樣子。

到了屬於張堅居住、工作的範圍之中，他向我解釋了一下深海小潛艇的情形，並且一再強調，這種小潛艇，雖然是好幾個國家科學家的心血結晶，但是在冰層下航行，仍然十分危險，必須熟悉它的一切性能，和緊急逃生的設備。

聽他說得那麼危險，我心中也不禁凜然。

我們所要準備的東西並不太多，因為那種特製的小潛艇，根本沒有什麼多餘的空間可供使用。

我們離開時，基地上幾個負責行政工作的人，紛紛過來和張堅握手。張堅每次去從事這種探險工作，都使整個探險隊中的人感到敬佩，所以也每次都有人來表示他們的敬意。

這一次，他們都用十分疑惑的神情望着我，張堅對我的介紹是：「這位衛先生，是著名的探險家，我邀請他來一起觀察南極的冰層。」

所有探險隊員，一聽之下，對我也肅然起敬，倒弄得我十分不好意思。

第六部

出事之前見到異象

離開了建築物，上了雪車，由張堅駕駛，向茫茫的雪原，疾駛而出。

儘管已戴上了深黑色的雪鏡，可是向陽光之下的雪原看久了，眼睛仍然不免有點刺痛，雪的反光十分強烈，要是沒有雪鏡的話，在十分鐘之內，就會令眼睛受到嚴重的損害。

開始駛出去時，還可以看到雪原上，有一些探險隊員在活動，駛得遠了，什麼人類的活動也見不到，整個死寂的世界中，只有我們一輛雪車在向前駛，雪車的橇，在雪地上畫出兩道痕迹，但立時又被強風吹起積雪，淹沒無蹤。約莫一小時，我們才到達了一個海灣，那海灣十分狹窄，巨大而不規則的冰塊，擠滿在海灣附近，看來晶瑩奪目，幻出絢麗的色彩。

海灣中的海水，全結了冰，張堅把雪車直向海面的冰層駛去，在巨大的冰塊之間，穿來插去，顯然他對海面上堆積的冰山，十分熟悉。雪車在那些奇形怪狀的冰山之中經過，猶如置身於一個幻境之中，環境之奇特，不是置身其中，真是難以想像。

在結了冰的海面上，又駛出了將近半小時，前面忽然出現了一大團霧氣，那更是壯觀之極，在冰天雪地之中，忽然出現了一大團熱霧，足有二十公尺高，熱霧在不斷向上冒着。

熱霧在冒到了一定的高度之後，因為寒冷的空氣，而使得冒上來的熱霧，全都變成了細小無比的冰屑。

那些冰屑，有的四下飛濺開去，有的落在熱霧之中，重又溶化，在陽光的照射下，幻成一圈又一圈的七色彩虹，以至整大團熱霧，看起來就像是一朵巨大無比，彩色絢麗無儔的大花朵。

我看着自然界形成的這種奇景，忍不住發出讚歎聲來。張堅道：「這是我們已經發現的最大南極溫泉，溫泉聯結着一股海底暖流。我真不懂，人類對自己居住的地球，所知還如此之少，卻拚命去探索地球之外的事物，真不懂那是什麼心態。」

張堅經常發這種牢騷，我也不以為意。他又道：「那股暖流，我去年才發現，它竟然存在於超過兩千公尺厚的冰層之下，真是自然界的奇蹟，等一會，潛艇就會沿着這股暖流前駛，你才可以體會到地球上的最大奇景。」

我凝視着那團濃霧：「你的小潛艇在什麼地方？」

張堅向前一指：「就在那裏。」

我循他所指看去，看到在熱霧之中，依稀有着金屬的閃光。

張堅停下了雪車，我們一下車，就聽到熱霧噴發出來時，那種轟轟發的聲音，細小的冰屑灑下來，落在我們身上，轉眼之間，身上便佈滿了這種冰屑。而當我們進入了熱霧的範圍之內時，冰屑又迅速地溶化，變成一顆顆細小的水珠，又很快地變成了一片濡濕。

直到進入了熱霧的範圍之內，我才看清楚了那個溫泉，溫泉噴起的高度不是十分高，大約只有三公尺左右，可是它的溫度一定相當高，所以才形成了那麼大的一團熱霧，而且使它附近的冰層溶化，形成了一個直徑約有二十公尺的小湖。

在這個小湖的邊緣，冰層光滑如晶，那是冷和熱不斷鬥爭所形成的一種奇異的現象，彷彿是大片水晶，經過巧手匠人打磨過。

張堅剛才說過，這股溫泉，和海底的一股巨大暖流聯結着，我不禁也佩服起張堅的勇氣來。他輕描淡寫的一句話，聽來容易，但當他最初，駕着小潛艇，在這個溫泉池中潛下去的時候，需要多麼大的勇氣。若不是他對於科學探索，有着殉道者的精神，絕做不到這一點！

我用戴着厚手套的手，用力在他的肩頭拍了一下，表示我的敬意，他顯然知道我的心意，也回拍了我一下。

這時，我也看到了那艘小潛艇。

小潛艇的樣子相當奇特，和一般傳統觀念上，潛艇一定是梭子型的大不相同。乍一看來，它的形狀，更像是一輛密封着的大卡車——大小也和一輛大卡車差不多，它停泊在溫泉池的旁邊。

通向溫泉池的冰層，其滑無比，我們兩人要小心扶持着，才能小步前進。低頭望向冰層，冰層晶瑩透徹，不知有多麼深，自己的倒影，清晰可見，簡直令人目眩。

張堅指着腳底下的冰層：「在暖流旁的冰層特別晶瑩，你看，至少可以看到三公尺以下冰層中的情形。」我點頭表示同意，張堅又道：「這就是我能在海底暖流中，看到冰層中怪異現象的原因。」

一直到這個時候，張堅才說了一句比較實在的、有關他發現的奇怪現象的話：原來他發現的奇怪現象，在冰層之中。

這令我大惑不解，冰是固體，在冰層之中發現的東西，再怪異，也一定可以形容得出來的，因為不論是什麼東西，在固體的冰層之中，一定維持形狀不變，就算是樣子再古怪，照着那東西來一筆一筆描，也把那東西描出來，何以張堅會一再說無法形容呢？

我這樣想着，並沒有發問，因為反正不多久，就可以親歷其境了。

我們來到了池邊，攀上了小潛艇，張堅打開了艙蓋，我們兩人滑了進去，彎着身子走了兩步，各自坐進了一個座位。

兩個座位緊貼着，相當窄小，前面是密密麻麻的儀表板，和約有五十公分高，一公尺寬的觀察窗。

我已聽張堅解釋過這艘小潛艇的各種功能，知道潛入海底，不但可以透過窗觀察外面的情形，還可以通過雷達探測，和聲納探測，把探測的結果，反映在熒光屏上，電腦控制的探測設備，還可以立即告訴駕駛者，那是魚群還是巖石，是冰層還是大團的海草，等等。

而且，在潛艇外，還有兩條十分靈活的機械手臂，可以隨心所欲採集標本。張堅交給胡懷玉的，內有生物胚胎的冰塊，就由這種機械臂採集。

張堅已開始忙碌地把許多控制掣按下去，許多控制燈開始閃閃生光。由於控制系統實在太複雜，我一點也幫不上手，只好看他忙着，一個熒光屏上閃出一行一行的文字，表示着各方面的操作是不是正常，這我看得懂，所以我不斷地告訴他熒光屏上所顯示出來的結果。電腦宣告一切都正常，潛艇可以良好運行。

張堅吸了一口氣：「我們要開始潛下去了，一潛進水中，頭頂上就是超過兩千公尺厚的冰層，一切通訊，全部斷絕！」

我道：「我知道，有一次，我想和你聯絡，基地就告訴我，你在厚冰層之下潛航，沒有任何方法可以和你通訊聯絡。」

張堅伸手在臉上抹了一下：「和外界斷絕聯絡，會給人心理上一種巨大壓力，所以我習慣在下潛之前，先和基地聯繫一下。」

我笑道：「只管照你的習慣去做。」

張堅也笑着：「我怕你笑我膽小。」

我由衷地道：「如果你還算膽小，那麼世界上沒有勇者了。」

張堅聽得我這樣說，十分純真高興地笑，順手按下了一個按鈕，沉聲道：「基地，這是暖流，這是暖流，作潛航前的通訊。」

一具小巧的擴音器中，立時傳來了回答：「暖流，你通訊來得正及時，有緊急情況，請你等一等，隊長在找你。」

張堅和我都怔了一怔，互望了一眼，過了極短的時間，又響起了另一個聲音，聽來急促而憂慮：「張堅，我是隊長。」

我和張堅同時問：「什麼緊急情況？」

隊長喘了一口氣：「半小時之前接到的消息，由田中博士駕駛的那架飛機……」

我才聽到這裏，已經遍體生寒，隊長的聲音在繼續着：「……遇上了大風雪團，基地只收到了他半句求救訊號，就失去了蹤迹，拯救隊已經出發，不過……不過……恐怕……」

聽到這裏，我和張堅，才從閉住氣息的情況之下，緩過一口氣，不約而同，一起發出了一下驚呼聲。

「大風雪團」！我對南極的情形不算是很熟悉，可是也知道什麼是「大風雪團」。

那是一股強烈的旋風，把地面上的積雪，捲向空中所形成。

這種大風雪團，小則直徑十公尺左右，大可以到接近一公里，視旋風風勢的強烈程度來決定。大風雪團可以貼着地面飛旋，也可以在幾百公尺、幾千公尺的高空急速旋轉。

別看雪花平時那麼輕柔，可是經由旋風力量的帶動，雪花在強大的壓力之下，會迅速凝聚，變成大小不同的冰塊，紀錄中曾有超過一百公斤重的大冰塊，在大風雪團之中，急速地旋轉，別說是一架小型飛機，就算是一輛坦克車，如果被大風雪團捲上了，只怕也會成為碎片。那是南極雪原上最可怕的一種災害，曾經有一個探險隊的所有一切，包括隊員和堅固的建築物，在大風雪團的橫掃之下，全部消滅，連一丁點兒痕迹都未曾留下！那架小飛機遇上了大風雪團，我一聽到就遍體生寒，不是沒有理由的。

剎那之間，我腦中幾乎只是一片空白，我所想到的只是溫寶裕。

溫寶裕在那架飛機上，當然還有田中博士，可是我對田中博士沒有感情，對溫寶裕卻有。我思緒紊亂之極，我想到，如果我答應了溫寶裕的苦苦哀求，讓他留在基地上，他就不會有事。雖然我要他立即回去，是為了他安全，但結果，那架飛機卻遇上了大風雪團！

我和張堅都怔住了不出聲，隊長的聲音繼續傳來：「張博士，你聽到了麼？」

張堅喘了幾口氣，才軟弱無力地回答：「我聽到了，天，田中博士，天，還有那可愛的孩子。」

隊長陡然尖叫了起來：「可愛的孩子？他是可惡的小魔鬼，是你那個該死的朋友把他帶來的？再沒有比他們更該死的了……」

隊長接下來的話，是一連串只有人在喪失理智之下才會罵出來的髒話，聽得我心驚肉跳，等他罵完，我才道：「不是我帶他來，而是他騙過了一些人，偷上了那架飛機的。」

隊長仍處在極度的憤怒之中：「那你一發現他在飛機上，就該把他推下去。」

我嘆了一聲：「隊長先生，你的建議，合乎情理嗎？」

隊長當然知道他的建議不合情理，那只不過是他怒極的話。所以，我只聽到他呼呼地喘氣，我定了定神：「這小魔鬼做了什麼事？」

隊長喘了半晌，才道：「小魔鬼和田中博士的對話，基地的控制站一直都收到，他要田中博士別飛得太高，好讓他仔細觀賞南極的景色。」

我不由自主，發出了一下呻吟聲，田中博士看來是老好人，不會拒絕溫寶裕的懇求。

我無助地問：「飛機上有很好的雷達設備，應該可以及時避開大風雪團。」

隊長道：「本來可以，可是當時飛機正在兩座冰山之間的峽谷中飛行……」

張堅發出了一聲驚呼：「天，這似乎不能單怪孩子，田中博士應該知道這種飛行的危險性，兩座冰山之間……氣流，已足以摧毀飛機了。」

隊長悶哼一聲：「基地的控制站也曾提出嚴重的警告，可是……這其間，田中博士和那小……小……孩之間有幾句對話，不是很容易弄得明白，似乎他們有非向前飛去不可的原因……」

我和張堅互望了一眼，隊長的聲音，聽來又是憤怒，又是哀傷：「他們進入了峽谷，大風雪團迎面而來，就算雷達發現，他們根本沒有躲避的機會。」

我和張堅沉默了片刻，隊長又道：「照情形來看，派出拯救隊實在是沒有意義的事。」

我陡地叫了起來：「不，一定要派出去。」

隊長悶哼了一聲：「已經派出去了。」

我轉頭向張堅望去，張堅立時明白了我的意思：「請告訴詳細的出事地點，我們取消潛航行動，趕到出事地點去。」

隊長咕噥了幾句，不是很聽得真切，然後報出了一連串的數字和術語來。

隊長用的是探險隊員使用的專門代表地點的名詞，我不是十分聽得懂，可是看張堅聽了之後的神情，也可以知道那地點，不會是什麼風和日麗的好去處。

張堅聽了之後，喃喃地說道：「天，那峽谷……是一個巨大的冰川。」

隊長又悶哼了一聲：「他們是在一千二百公尺的空中迎面遇上大風雪團，峽谷下面就算是柔軟的彈牀，也不會有什麼分別，你們要去的話，可以不必經過基地，或許可以和拯救隊會合，不過別太接近，現在是暖季，你應該知道太接近巨大冰川的危險。」

張堅一面答應着，一面不由自主地，震動了一下。

在南極，有着大大小小，不計其數的冰川，冰川在寒季，幾乎絕對靜止，在暖季，有着緩慢的移動。這種緩慢的移動，幾乎不能被人所覺察，可是卻產生巨大的力量，可以破壞一切。

張堅已經停止了通話，我聲音苦澀：「如果根本無法接近，拯救隊……又有什麼用？」

張堅苦笑：「是沒有用，只不過是循例在出事之後，要有拯救隊出動。」

我略想了一想：「我們還是要先回基地去，基地有直升機可以……」

張堅一聽得我這樣講，尖叫了起來：「你瘋了，在南極冰川的峽谷中使用直升機？就算沒有大風雪團，你可知道峽谷中的空氣對流速度是多少？」

空氣對流速度就是風速，在兩邊是高山的地形中，風速通常會更高，直升機在強風之中，最容易失事，我自然知道這一點。而且，事實上，探險隊的直升機，只是作近距離的聯絡之用，這一點，我也一樣知道。

可是我還是固執地道：「那怎麼辦？雪車無法接近冰川，直升機又危險，總要有什麼辦法接近出事的地點才好。」

張堅的口唇掀動一下，但是沒有說什麼。

他雖然沒有出聲，但是他想說什麼，我是可以肯定知道的，他是在說：接不接近出事地點，都是沒有意義的事。

我長嘆了一聲：「你也知道，溫寶裕他曾要求我留他在基地。」

張堅說道：「全是他闖出來的禍。」

我又嘆了一聲，忽然想起隊長的話來：「也很難說，不是說有一段對話，不是很聽得明白，可是聽來像是他們有非飛進那峽谷去不可的理由？」

張堅望定了我好一會，手放在一個控制桿上，神情十分猶豫不決，我一看這種情形，忙道：「你別亂來，我們先得到基地去。」

張堅又猶豫了一下：「我看到過的……那種情形……那種現象可能不會一直等我們……它可能會消失，再也看不到。」

我堅決地道：「看不到就看不到好了，如果現象會消失，就證明那並不重要，不值得去研究。」

張堅緩緩搖着頭，喃喃地道：「我不作出發前的聯絡就好了，現在我們早已進入海底的暖流了。」

我心情極其沉重，以至令得講起話來，也粗聲粗氣：「不會耽擱你多少時間，只要我不死，總跟你到海底去一次就是了。」

張堅用一種十分吃驚的神情望着我，我也覺得自己說的話太重了一點，勉強笑了一下：「你未必見得會相信什麼不祥之兆，一語成讖這類事吧。」

張堅並沒有回答我，只有用力搖着頭，同時，打開了潛艇的艙蓋，扳下了所有的掣鈕。

我和他一起攀出了潛艇，再登上雪車，駛回基地。

這一來一去之間，只不過相差兩個多小時，可是心情輕鬆和沉重，卻猶如一天一地。

基地建築物前的空地上，雪車駛來駛去，顯得十分忙碌，一進去，隊長就迎面走了出來，他先是狠狠地瞪了我一眼，然後轉過身去，背對着我，對張堅道：「真可惜，田中博士是那麼出色的一個科學家。蘇聯、法國和日本的探險隊，在知道了消息之後，也都派出了拯救隊，可是，全世界的拯救隊都出動，我看也沒有用了。」

我知道隊長對我十分不諒解，但是我還是道：「我想請求使用直升機，飛近失事地點去觀察。」

隊長像是有一塊冰突然自他的衫領之中滑了進去，失聲怪叫了起來：「什麼？你要駕直升機飛進峽谷去？除非我是加倍的白癡，才會批准。就算只是普通的白癡也不准。」

我明知一定會碰釘子，看來一點希望也沒有，我只好悶哼一聲：「我不會死心的，我有許多朋友，可以請他們運送適當的飛行工具來。」隊長幾乎是向着我在吼叫：「是，當工具運到，或許你可以發現他們的一隻手，一隻手指，封在冰中，希望你發現的手還有生命，會向你招手，感謝你去看看他們的殘肢……」

隊長講到這裏，在一旁的張堅陡然叫了起來：「住口，別再説下去了。」

隊長陡然住口，我向張堅看去，心中暗暗吃驚，因為張堅那時的神情，可怕之極，一個人若不是受了極度的驚恐，那驚恐超乎他能忍受的程度的話，絕不會現出這種可怕的神情來！

這多少使我感到有點愕然。因為剛才隊長所講的話，雖然過分，而且使人感到噁心，但是張堅也沒有理由會有那麼強烈的恐懼反應。

這使我心中十分疑惑，張堅轉過了身去，背對着我們，隊長定了定神：「對不起，我實在因為太激動了，講話沒有法子動聽。」

張堅發出了一下近乎哽咽的聲音：「是，是，沒有什麼……」

這時，另外有人奔過來，向隊長道：「拯救隊有消息來，説是現場附近，天氣算是十分好，可是他們無法接近峽谷，只是利用了一個高地，用長程望遠鏡觀察，什麼也沒有發現。」

隊長喃喃地道：「這是意料中的事，偏偏還會有傻瓜自以為可以開創奇蹟。」

他口中的「傻瓜」，顯然指我而言，這不禁令我感到十分惱怒。老實説，隊長他心情不好，難道我心情好得很了？

而且，許久以來，加在我身上的不算是佳譽的形容詞也相當多，但被人稱為「傻瓜」的機會，倒不是很多。我立時冷笑一聲：「意外一發生，你就認定了沒有希望，那還救援什麼？哥倫布發現新大陸用得着望遠鏡，救人而用望遠鏡，那才是希臘神話中的事。」

隊長怒道：「依你怎麼説？」

我一挺胸：「駕直升機，飛進峽谷去，作近距離的搜索。」我不等他再開口，一伸手，手指指住了他的鼻尖：「你自己不敢去，我去，我可以告訴你，即使是傻瓜，只要肯行動，都有創出奇蹟的機會。」

隊長怒極反笑：「好，好，算我是加倍的白癡，我批准你去。」

張堅轉回身來：「你們兩人怎麼啦，吵得像小孩子。」

隊長吼叫了起來：「別將我和小孩子相提並論。」

我已經大聲道：「謝謝你批准，我該向誰下令，請他準備飛行。」

隊長立時道：「我會下令，但是你必須在飛行書上簽名，證明那純粹是你個人的自願行動。」

張堅厲聲叫了一下我的名字，我揚起手來：「不要再勸我，我已決定了。」

這時已另外有幾個人，聽到了爭吵聲，走了過來，這時卻一起靜了下來。

人人都望着我，我道：「各位都是見證，我堅持要去，任何人不必對我的安全負責。」

各人仍是靜得出奇，過了一會，張堅才道：「你一定要去，我和你一起去。」

我哈哈笑了起來：「不必了，世上少了一個傻瓜不要緊，少了一個科學家，可是人類的大損失。」

張堅漲紅了臉，隊長吞了一口口水，嘆了一聲：「好，對你的惡評，我道歉，你至少可以接受盡量安全的設備，那需要一點準備的時間。」

我想了一想：「也好，反正一直是白天，我想趁這機會，聽一下失事飛機上的對話。」

隊長悶哼了一聲：「冷靜下來也好。」

我立刻反唇相譏：「冷靜下來之後，我更可以肯定自己的行動是必須的。」

隊長氣得臉色鐵青，張開了雙臂，大聲道：「大家為這位朋友祈禱吧。」

他說着，大踏步走了開去，張堅苦笑，和幾個人低聲交談着，等他講完，那幾個人帶着我們進入了基地的通訊室。

通訊室有着極其完善的設備，其中一個人在一組儀器之前，操作了一會，通訊室中所有的人都靜了下來，然後，就傳出了溫寶裕和田中博士的對話。

一般來說，這種對話都不是很清楚的，但是這段對話，卻十分清晰。全是溫寶裕讚歎南極景色的壯麗。溫寶裕十分懂得言談的技巧，他的話，顯然引起田中博士的談話興趣。接下去，就是田中博士講南極風光的美麗。

然後，田中博士提到了南極的一個奇景，冰山與冰山之間的峽谷，景色更是奇特，溫寶裕在這時，就開始慫恿田中博士把飛機飛過這樣的一個峽谷，好讓他開開眼界。

在這裏，基地人員發出了警告，告訴田中博士，這樣做十分危險。

田中博士當然收到了基地的警告，但是溫寶裕這小魔鬼卻繼續引誘着他，說什麼這飛機本來就是為南極探險而設計的，要是連這種行動也不能的話，那麼還不如不要用這種飛機的好。

他又講了不少話，田中博士意動了，答應他的要求。田中博士對自己的駕駛技術，顯然十分有信心，這時，他還對基地說：「不要緊，我也不是第一次駕駛過冰山之間的峽谷，我實在無法拒絕這位熱愛南極的小朋友的要求。」

當錄音帶放到這裏時，不止是我一個人，都發出了低沉的咒罵聲。

再接下來，就是溫寶裕歡樂的呼叫聲和田中博士呵呵的笑聲，顯示這一老一少兩個人，在南極奇麗的景色之中，得到了極大的樂趣。

在大約十分鐘之後，又是基地的警告：「博士，請注意，在你飛行的峽谷中，雷達顯示可能有大風雪團。」

博士的回答是：「知道，我們不會深入峽谷，已經開始升高飛出峽谷，大風雪團對我們……」

博士的話，就講到這裏為止，這並不表示博士和溫寶裕之間不再有對話，他們還在繼續講話，那一段對話，直到通訊斷絕為止，時間並不是十分長，也就是隊長所說的「不是很聽得懂」的那一段話。

先是博士突然中斷了和基地的對話，他的話，是被溫寶裕的一下驚呼聲打斷的。

溫寶裕的驚呼聲，事實上是一句十分驚惶的話：「博士，你看。」

溫寶裕叫了一聲，博士的話就停止了，接着，是一下明顯的吸氣聲——一般來説，當人在看到了一種極其奇異和值得令人驚訝的事情或景象時，會不由自主，大口吸氣。

（所以，這一下吸氣聲，可以證明田中博士在這時，看到了什麼極奇異的景象。）

（這種景象由溫寶裕首先發現的，他也覺得奇訝，所以才叫田中博士看。）

（可是為什麼溫寶裕的驚訝，反倒不如田中博士之甚？我也立即有了解釋，因為溫寶裕對南極陌生，所以他看到的景象雖然奇特，也可能認為那是在南極冰山峽谷中所應有的。但是田中博士卻不同，他對南極極其熟悉，一看就知道那種景象極不尋常，所以他才如此驚駭。）

（他們究竟看到了什麼？）

在博士的一下吸氣聲之後，溫寶裕急切地道：「博士，接近一些。」

博士道：「我已經盡力了，氣流不怎麼對，你注意雷達上的反應，我再接近些，天，這不可能，這些冰，存在南極以百萬年計，那不可能……」

溫寶裕陡然叫了起來：「雷達上顯示有東西正在接近我們。」

田中博士卻像是完全不曾聽到溫寶裕的警告，直到溫寶裕又發出了同樣的警告，他才以十分激動的語音道：「不管它，我要弄清楚，一定要弄清楚。」

溫寶裕的聲音之中有了怯意：「博士，那……很不尋常？」

博士的聲音中有着狂熱：「不尋常？這簡直是不可思議的，我……」

溫寶裕陡然驚叫起來：「博士，前面什麼也看不見了，全是一片白，一片白。」

（前面什麼也看不見了，只是一片白。那表示他們已經可以看到大風雪團，離大風雪團已經極近，可能只有幾百公尺了。）

（在這樣的近距離，要逃避大風雪團的機會，本來已是微乎其微，但是還不能說完全沒有機會。）

這時，基地人員以極惶急的聲音叫着：「博士，快設法。看老天的分上，快設法。」

可是博士卻仍然以那種接近狂熱的聲音在說着話：「基地請注意，我，田中，向基地報告，作極重要的極地探險報告，我……」

他的「報告」，只到此為止，不但是他，甚至溫寶裕也沒有發生什麼驚叫聲，一切全靜了下來。

剎那間變得那麼寂靜，那真令人心寒。我呆了片刻，才道：「大風雪團的呼嘯聲和飛機的碎裂聲，當然沒有記錄下來。」

一個探險人員苦澀地道：「自然，飛機一被捲進了大風雪團之中，只怕在十分之一秒的時間內就粉身碎骨，還有什麼可以被記錄下來的？」

通訊室中又靜了好一會，張堅才道：「照……對話聽來，似乎不能全怪那個少年，他第一次發出警告時，應該還有足夠的機會，可以避開大風雪團。」

另一個探險隊員道：「那要看風雪團有多大，如果大到了覆住上升的孔道，那時已經沒有用了。」

聽了這段對話，正如張堅所說，事情似乎不能責怪溫寶裕一個人，田中博士有着極大的責任。

更重要的是，在出事之前，他們一定見到了極其奇異的景象。是這種奇異的景象，驅使田中博士不願去避開大風雪團。

田中博士最後的幾句話又是興奮，又是驚駭，好像他所看到的景象，使他的情緒陷入了一種狂熱的境界之中。

我一面思索着，一面向張堅望去，我知道，他心中一定也會有和我同樣的疑問。而他對南極的情形，比我熟了不知多少，聽聽他的意見，十分重要。

張堅現出十分迷惘的神情，像是在沉思，我望着他：「你想田中博士，看到了什麼？」

張堅震動了一下：「我……不知道。」

我追問了一句：「一點概念都沒有？」

張堅深深吸了一口氣：「他們……一定看到了十分奇異的……情形，在南極，有許多幻象形成，奇異的光團，有時會幻成各種各樣的形狀，寒冷的空氣，也可以形成幻景，那和沙漠上熱空氣形成的幻景大抵相類，只不過正反方向不同。南極地區的海市蜃樓幻景，十分著名……」

他還在絮絮不休地解釋各種幻象形成的可能，我已經不耐煩起來。

張堅的話，表面上看來，是在回答我的問題，但是我卻強烈地感到，他是想藉那些話，來掩飾一些他不願意說出的話。

所以，不等他講完，我已打斷了他的話頭：「張堅，別再在幻象上加說明了，我認為，田中博士看到的不會是什麼幻象。」

張堅停了下來，又再度現出那種迷惘的神情：「不是幻象，又……會是什麼呢？在大風雪團快來之前，空氣的運動十分劇烈，更容易在視覺上造成……」

我固執地道：「不是幻覺，他們一定看到了什麼真正的東西。」

張堅的神情苦澀：「我不知道，單從他們的對話之中，我無法知道他們看到了什麼。」

張堅這樣的回答，倒十分實在，我拍着他的肩：「是的，真是無法想像，就像你，和我講了那麼多次，我仍然不知道你在海底的冰層中，看到了什麼。」

我這樣說，只不過隨便講講，為了表示同意他這樣說法，可是再也想不到，我的話一出口，張堅陡然震動起來，面色發白，甚至連牙齒也在格格作響，盯着我，看起來像是一個人正在壓制着心中的盛怒，但是我卻看出，他內心深處，實在有着難以遏制的恐懼。

他壓低了聲音：「我叫過你，別將我的事對任何人說起。」

我忙否認道：「我沒有……」

我本來是想說我沒有對任何人說起，但是講了一半，就發現通訊室中其餘的人，都以一種十分奇訝的目光，望着我和張堅。我知道，張堅甚至不願我在有人的場合，提起他在冰層之下看到過什麼的那件事！

我停住了不再說下去，改口道：「對不起。」

張堅沒有說什麼，逕自向外走，我忙跟在他的後面。

這時候，我忽然想到了一點：張堅何以會那樣震動？而且，剛才聽到田中博士和溫寶裕的對話，他又那麼迷惘？有沒有可能，張堅早已覺得，田中博士看到的奇異景象，和他在海底看到的一樣？

這似乎是唯一解釋張堅失常神態的原因。

他和我一先一後走出了通訊室，他一面向前走，一面道：「衛斯理，我和你一起到那峽谷去。」

我跨過幾步，來到了他的身邊：「你心中對田中博士所見到的景象，已經有了概念？」

張堅緊抿着嘴，並不回答，又向前走出了十來步，才道：「我和你一起去。」

第七部

冒險進入出事地點

這時候，探險隊長恰好迎面走過來，聽到了張堅的話，他立時叫了起來：「天，一個瘋子還不夠，又增加了一個瘋子。」

我向他作了一個手勢：「隊長，那段對話的錄音，你難道聽不出，田中博士在那峽谷之中，看到了一種奇異的景象，所以才錯過了最後避開大風雪團的機會？」

隊長悶哼了一聲，這一點，凡是聽過對話錄音的人，都不能否認。

但是隊長卻道：「那峽谷兩邊是亙古以來就存在的冰，下面是一個巨大的冰川，我想不出有什麼景象可以吸引田中博士。」

我嘆了一口氣：「是的，我也想不出來，所以，我們才要去看一看，冒着極大的危險，去探索一種我們不明白的景象。這種行為，如果說是瘋子，那麼所有在南極的人，包括閣下在內，就全是瘋子。」

我這一番話，倒是說得慷慨激昂，聲容並茂，隊長聽了，也呆了半晌，作聲不得。

我問：「直升機準備好了？」

隊長苦笑了一下：「直升機實在不適宜在峽谷之中飛行，如果你們肯等一兩天，會有另一架設備精良的探險飛機……」

隊長的提議，可以考慮，但張堅卻立時道：「不必再等了，我們立刻出發，哼，設備精良的飛機，田中博士駕駛的，就是設備精良的飛機。」

張堅非但說得堅決，而且以行動表示着他的決心，立時又向前走去，再也不望隊長一眼。

我和隊長交換了一個眼色：「請你放心，我們會盡一切力量照顧自己，我們不是敢死隊員，只不過是探險隊員。」

隊長苦笑了一下，咕噥了一句：「照你們的行為來看，也沒有什麼分別。」

我看到離張堅已有十幾步距離，就急忙向隊長揮着手，追了上去。

來到基地建築物的出口處，我們一起穿上厚厚的禦寒衣服，戴上雪鏡——基地建築物內的氣溫和外面相差甚遠，任何人進出基地，都要經過加衣的手續，若是貿然走出去，後果堪虞。

而且，基地建築物的出口處，和潛艇出入口有隔水艙的設備一樣，先要經過一個小小的空間，才能出去，以避免寒冷的空氣湧進來。

我和張堅來到那個小空間，只有我和他兩個人在，我們不約而同地望向對方，同時想開口說話，又同時道：「你先說。」

我不再讓，搶着道：「張堅，你其實可以不必去冒險，我一個人去就可以了。」

張堅一聽，呵呵乾笑了起來：「我正想對你說同樣的話，如今看起來，你一定不肯答應的了。」

我怔了一怔，也呵呵笑了起來：「算了吧，我們就兩個人一起去。」

張堅作了一個無可奈何的神情，一面去旋轉出口處門的開關，一面道：「由我來駕駛，我對那一帶的地形、氣流，熟悉得多。」

張堅說的是實情，所以我連考慮都沒有考慮，就表示了同意。

這時，張堅已將沉重的門，推了開來。門一推開，寒冷的空氣，就像是無形的魔鬼，撲面而來，雖然身上穿的全是最佳的禦寒衣服，但是在剎那之間，還是有全身陡然跌進了冰水之中的感覺。

我們一起大踏步走了出去，直升機的「軋軋」聲傳來，我看到，在基地建築物前的空地上，直升機翼已在轉動。

兩個工作人員向我們蹣跚地奔過來：「氣候很好，大風雪團已升向高空消失了，可能會有大雪，不過……峽谷中的氣流，會使直升機產生劇烈的震盪。」

張堅鎮定地道：「這一點，早已在估計之中。」

兩個工作人員作了一個「祝成功」的手勢，我和張堅，一起走向直升機。已經講好了是由他來駕駛，自然先由他登機，直到那時候為止，我對張堅的行動，還沒有絲毫的懷疑。正因為如此，所以接下來發生的事，全然出乎我意料之外，我不是沒有應變的能力，而是事起倉猝，我連應變的念頭都不曾起，事情就已經發生了。

張堅先登機，他一進了機艙，我攀着欄杆，走上去，看到張堅已經坐在駕駛位上，拉下了駕駛桿，我正在奇訝他太心急了，他陡然一橫身，雙腳一起向我的面門踹過來。

這一下動作，真是意外之極，我本能的反應是身子突然向後仰。

在那一剎間，我想到的是不能被他踢中——在冰天雪地的南極，所穿的全是適宜於在積雪之上行走的釘鞋，鞋底上有着許多尖銳的鐵釘，給穿着這樣鞋子的腳踹中面門，實在不是有趣的事。

為了避開他突然其來的攻擊，我向後一仰的力道十分大，而欄杆又因為有着一層冰在上面，十分滑溜，所以我就從登機架上跌了下去，我才一倒地，就已經知道張堅想幹什麼，張口想叫罵，可是一股強大寒冷之極的氣流，自上而下，直壓了下來，壓得我幾乎窒息，這股氣流是直升機翼急速轉動所帶起來的。

我盡力翻了一個身，臉向地下，才能對抗那股氣流。這時，我聽到了空地上其餘人發出來的驚呼聲，同時也感到直升機已經在搖晃上升着。

我不顧一切，用盡了氣力，跳了起來，想在直升機未曾上升之前，抓住機艙下的雪橇，張堅想擺脫我的陰謀，就難以得逞了。

我這向上一躍，確然用盡了氣力，躍得相當高。

（事後，好幾個探險員對我說，他們從來不知道一個人從雪地上開始起跳，可以跳得那麼高，因為積雪鬆軟，會使人下沉，不會使人上騰。自然，他們不知道我面向着下，那一躍，絕大部分用的是腰和背部的力道，與地面上是否有着積雪，並沒有多大的關連。）

我在一躍而起之後，由於直升機翼轉動，帶起積雪亂舞，我一點也看不到什麼，可是我的雙手，卻十分肯定已經抓住了什麼。

我不管抓到的是什麼，只要那是直升機的一部分，我就可以攀進機艙去，我甚至已經決定進入機艙之後，把張堅從空中推下來。

可是，我雖然抓到了什麼，多半是降落架的一部分，那上面也結着一層冰，滑溜異常，雖然抓住了，可是抓不牢。再加上直升機在這時，忽然大幅度地震動起來。可能是由於上升的必然震動，也可能是張堅故意令得機身震動，我戴着厚手套的手，又不能太靈活地指揮手指的活動，所以，大約在不到兩秒鐘的時間之內，在眾人的驚呼聲中，我雙手滑離了抓住的東西，自半空之中，跌了下來。

由於時間短，我並沒有升高多少，大約只有一公尺左右，所以跌下來時，我穩穩直立在雪地上。

好幾個人向我奔了過來，一抬頭，直升機離我至少已有二十公尺，機身傾斜，正以極高的速度，一面升高，一面向外飛開去，我無論如何沒有法子再去對付張堅的了。

在那時候，我心中真是又驚又怒。張堅那樣對付我，我知道是一片好意，他不想我去涉險，寧願他一個人去犯難。可是這樣子對付一個朋友，那算是什麼行為？他如果在心中承認我是他的朋友，他就不應該用這樣的方法來對待我！

當時，我只覺得血直往腦門衝，情緒激動已極，對着直升機，大叫了幾聲，陡然向一旁停着的幾輛雪車，奔了過去。

眾人又開始發出驚呼聲，我什麼都不理會，跳上了其中一輛，向着直升機飛出的方向，直追了上去，一下子就把速度提得最高，令得車頭和車身兩旁的積雪，全都飛濺起來。

地上的交通工具和空中的交通工具相比較，佔優勢的總是在空中飛行的。

從來也只有直升機追逐地面上行駛的車子，但是我現在，卻在地面上駕着車子，去追在天上飛的直升機。

當時我的情緒雖然激動，但倒也不是一味亂來，我考慮到，雪車特別設計在雪地上行駛，沒有輪子，用雪橇滑行，而且探險隊使用的雪車，都是馬力相當大的噴射引擎，可以輕易超過時速兩百公里，要追上小型直升機，並不是沒有可能的事。

追逐一開始，就證明我的判斷不錯，雖然我未能追上張堅，但當我全速前駛時，直升機始終在我的視線之中，並未曾飛得太遠。

由於我專注直升機的航向，所以對於地面上的情形，反倒不怎麼注意，我只是隱約注意到，有兩架雪車，在離我不遠處，迎面駛來，轉眼之間，便已經交錯而過，那可能是探險隊員回基地去的車子。

我一直追着，大約在二十分鐘之後，我發現我已經遠離了基地。

在南極，一離開了基地之後，四顧茫茫，全是皚皚的白雪和堅冰——南極的冰，在凝結之際，由於夾雜着空氣的緣故，絕大多數是白色的，漂浮在海面上的冰山全是白色的，就是這個道理，只有極少數的例外，冰塊才會晶瑩透徹。

所以，看出去，通過深藍色的雪鏡，全是一種帶着淡青色的慘白色，十分詭異。尤其氣溫如此之低，有置身於奇異的地獄中一樣的感覺。我一直以高速前進，這一帶的地形雖然平整，但是也有不少起伏的冰丘，當雪車極快地掠過冰丘，會在空中滑行一大段距離，才又落下來，震盪得十分劇烈。

我相信在直升機上的張堅，一定也看見了我駕雪車在追逐他，所以他也提高了飛行速度，漸漸地，我和他之間的距離拉遠了。

我心中雖然氣憤，但是也無可奈何，認定了直升機飛行的方向，仍向前駛着，又過了二十分鐘左右，直升機已經只剩下了一個小黑點，我也發現前駛的道路，十分崎嶇不平，車又簡直是在跳躍前進的，自然速度也減慢了許多，終於，直升機看不見了。

也就在這時，我又看到有兩架雪車，在我前面，向我迎頭駛了過來，雙方迅速接近時，兩輛雪車，阻住了我的去路，使我不得不停下來。

自那兩輛雪車中，跳出四個人來，其中一個一下子拉開了我的車門，大喝道：「你駕駛雪車在極地行駛，怎麼不打開無線電通訊儀？」

我吸了一口氣，一時之間，也不及去在意那傢伙的態度如此之差，回答道：「我不是極地的工作人員，不知道規矩。」

那人怔了一怔，伸手進車來，一下子扳下了一個掣鈕，立時，我聽到了張堅的聲音，他啞着聲音在叫：「回去，衛斯理，回去，你沒有機會，一點機會也沒有，你再跟在我的後面，會駛上冰川，當你發覺駛上冰川時，再想退回來就不能了。」

我耐着性子聽他叫完，陡然之間，發出了一聲大吼，我想，張堅要是不夠鎮定的話，這一下吼叫聲，就足以令他震駭至機毀人亡。

我在叫了一聲之後，罵道：「你是一個出賣朋友的賊，卑鄙小人。」

張堅的聲音又傳了出來，他在急速地喘着氣：「隨便你怎麼罵，衛斯理，求求你別再追上來。」

我厲聲道：「我偏要追上來。」

我根本不想再聽張堅講任何話，所以伸手把那個通訊儀的開關掣又扳了回去。

那四個人圍在我的車邊，不知道如何才好，我問：「你們是探險隊員？」

那四個人一起點頭，其中一個道：「還負責拯救的工作。」

我「啊」地一聲：「你們到過田中博士飛機失事的峽谷？」

那人搖頭道：「峽谷下是一條巨大的冰川，根本無法從陸地上接近。」

我無明火起：「那你們去幹什麼？只是循例如此？」

那人也惱怒起來：「你總不能要求我們四個人一起喪生，去進行一件無意義的事。」

我揮了揮手，表示無意和他們爭吵：「雪車如果在冰川上行駛，會怎麼樣？」

那四個人都戴着雪鏡、厚帽子和口罩，帽沿上和雪鏡旁，全是冰塊，他們臉上的神情如何，根本看不清楚。可是從他們身體的行動上，我還是可以知道自己問了一個十分愚蠢的問題。

這個問題的愚蠢程度，大抵和「一個人如果把頭伸進一條飢餓的鯊魚口中去會怎麼樣」相若。

那四個人沒有出聲，當然是他們不知道該如何回答我提出的這個問題才好。

我卻不肯干休，又提出了我自己的看法：「冰川移動的速度十分緩慢，甚至看也看不出來，每一年，不過移動幾十公尺，為什麼不能在冰川上逆冰川流行方向駕駛雪車？」

那四個人一聽得我這樣說，一起發出了一下怪聲來，有兩個還叫道：「天！這傢伙什麼也不懂！」

另一個比較有耐心：「冰川運動，由於巨大的壓力所形成，看起來十分平靜的冰川，在它緩慢的行動之中，你根本不能知道什麼地方是陷阱，只要一遇上了陷阱，就會把任何東西扯進去，在冰塊之中，擠榨得什麼也不剩下。」

聽了那人的話，的確有點令人不寒而慄，可是除此之外，我沒有法子。

我考慮了幾秒鐘：「我要去試一試。」

那四個人先是一呆，接着不約而同，像是聽到了最荒謬的笑話，極度誇張地笑——他們口罩上的冰花，就紛紛灑下來。

那個人又道：「天！你絕不能和冰川對抗，冰川的力量，甚至形成了如今地球上有五大洲的面貌，它的力量，無可抗拒。」

我點頭：「我知道，甚至阿爾卑斯山、喜馬拉雅山，也是冰川的力量推擠而成。但是我又不是要去和冰川對抗，我只是想在冰川上逆向行駛，我加上這輛車子，重量微不足道。」

那人嘆了一聲：「要是有一塊巨大的冰塊，忽然傾斜了，那你怎辦？」

另一個人阻止了那人：「我看別對他說了，我們遇到超人了，超人，你還是飛向前去的好，放棄這輛微不足道的雪車吧。」

這個人在諷刺我，我自然聽得出來，反正我已經決定了，也懶得再和他們多說，所以，只是冷笑了一聲，立時發動了引擎。

那四個人一看到我的行動，立時大叫起來，一個探進車身來，用力抓住了我的手臂，厲聲道：「根據極地上的國際規章，我們有權禁止你繼續前進。」

我向上指了一指：「剛才有一架直升機飛了過去，飛向冰山峽谷，你們為什麼不阻止它？朋友，田中博士駕機失事，只要有億分之一的機會去救他，我都一定要嘗試。」

那人企圖把我自車中扯出來，我只好嘆了一口氣，一圈手，把他的手臂扭得非放開我不可，然後，我用力一推，把他推得向外仰跌了出去，同時讓雪車向前迅速駛出。

那四個人還不肯罷休，他們很快地跳進了車，隨後追來。

我看到他們追了上來，但是不加理會，仍然把速度提得最高，約莫又過了半小時，我已經看到了巍峨聳立的冰山，兩面相對的冰山離我愈來愈近，我看到隨後追來的雪車，停了下來。

由於我仍然在高速前進，所以追上來的車子一停下，轉眼之間，就成了雪地上的一個小黑點。這時，我也陡然驚覺到，那四個人之所以停了下來不追，一定是由於我已駛進了危險的冰川範圍之內了。

放眼看去，在冰川上行駛，和在別的地方行駛，全然沒有分別。

冰川的移動速度十分慢，根本覺察不到。當然，我知道在冰川上，處處隱伏危機，但是在南極的其他地方，又何嘗不是一樣。

車子兩旁，全是高聳的冰山，冰山上的峰嶺，都是尖峭的，看來是毫不留情的陡險。峽谷的底部，大約有兩百公尺寬。

開始駛進峽谷，冰川的表面，還十分平坦，可是在十分鐘之後，困難就出現了，先是極度的不平，車子躍過了一層冰塊，跌進了一個相當深的冰坑中。

好不容易自那個冰坑之中掙扎了出來，向前一看，我不禁傻了。在前面，是一大堆亂堆的冰塊，足有十公尺高，把前進的去路完全堵住了。

那一大堆亂冰塊，是一座巨大的冰山，在冰川的運行中，被超乎想像的巨大壓力所擠碎而形成，雖然不是十分高，可是車子也絕對無法再向前去。

在這樣的情形下，我也不禁猶豫了起來，看來，只有棄車步行了。

想了一想，決定在棄車之前，和張堅聯絡一下。雖然已經進入了峽谷很久，可是一直未曾見到張堅的直升機。

我扳下了通訊儀的開關，聽到了一陣嗡嗡的聲響，我提高聲音，叫着張堅的名字：「張堅，你現在在什麼地方？我駕車在冰川上行駛，遇到了阻障，準備棄車步行，你如果能飛回來接載我，可以避免不必要的麻煩。」

我連說了三遍，都沒有回音，正在極度疑惑，看到通訊儀上有一個掣鈕，不斷在閃紅色的光芒，我把那掣鈕按了下去，立即聽到了探險隊長的聲音：「基地和張堅的聯絡，在十五分鐘前中斷，看老天的分上，你在還可以後退的時候，快點後退吧。」

我大吃了一驚：「聯絡中斷……是什麼意思？」

隊長的聲音聽來像是在哭叫：「我但願知道是什麼意思！」

我深深吸了一口氣。張堅和基地的通訊聯絡中斷，可以是許多情形，最好的情形，自然是他不願意和基地聯絡。而最壞的情形，自然是他已經機毀人亡。

由於冰川上的情形，十分平靜，峽谷中的強風，也不如想像之中那麼強烈，所以我寧願採取較樂觀的看法。

我回答隊長：「現在，至少已有三個人在這個峽谷中遇了事，我必須繼續前進。」

我在通訊儀中，聽到了隊長發出了一陣如同兒童嗚咽般的聲音，我不再和他對話，打開車門，把估計可以帶在身上，又有用的東西，全部搬了下來。

我腳踏在冰川巨大的冰塊上，我仍然一點也感覺不到冰川的移動，不必多久，我便攀越過了那一道約有十公尺高的冰塊障礙。

這時候，我感到自己是童話故事中的人物，穿着奇異的鞋子，攀越過一座由巫師發動魔法而移到眼前來的玻璃山，去追尋一個不知道要經過多少重困難，才能追求得到的目標。

把裝備放在冰地上拖行，負擔倒並不太重，可是一步一步向前走，比起駕駛雪車風馳電掣來，自然不可同日而語。

放眼望去，全是一片冷寂，彷佛置身於宇宙的終極，連生命也幾乎暫時冷凝。人在這樣的極地冰山峽谷之中，簡直還不如一個微生物，環境的影響可以使人產生許多平時想不到的想法，我這時正一步一步向前走着，可是思緒卻紊亂無比，不知在想些什麼。

令我差可告慰的是，被形容得如此可怕的冰川，顯得十分平靜，和兩旁的冰山一樣，都靜止不動，也沒有碰到什麼危險的陷阱。

峽谷中的風勢，相當強烈，幸好我是順着風向在向前走，當然省了不少力。在那時候，我根本想也未及想到回程應該怎麼辦，向前走去，會發生什麼事都不知道，如何還能顧及回程？

在紊亂的思緒之中，想起這次事件的一切經過，都莫名其妙到了極點。但就是一連串莫名其妙的事，使得我在南極的一個冰川之上步行。

我不能安安穩穩坐在家裏，一定會有怪異的事，把我捲進漩渦去，不是在南極冰川上艱難地前行，前途茫茫，就有可能在澳洲腹地的沙漠之中，面對着烈日和毒蜥蜴。

我不斷在走着，體能的消耗相當大，口中噴出來的熱氣，令得口罩的邊緣，都佈滿了冰花，這時候，峽谷因為山勢的緣故，看來像是到了盡頭，前面變得相當狹窄，是一個彎角。在那狹窄之處，巨大的冰塊，堆得極高，在最上面的冰塊，發出可怕的「格格」聲，那是由於巨大的壓力，緩緩地，但是以無可抗拒的力量，在把冰塊擠壓出裂縫來的聲音。

這些巨大的冰塊，會隨着冰川，向前移動，在若干年之後，會一直移動到海邊，成為海面上漂浮的巨大冰山。我抬頭向上望，要攀越這樣高的冰山，真叫人懷疑自己的能力，是不是可以做得到。

可是既然已到了這一地步，我總得向前進，至少，我希望可以發現一些飛機殘骸還是什麼的，那也就不虛此行。我停留了片刻，嚼吃了一些極地探險人員專用的含有高熱量的乾糧，在冰塊上刮下一些冰花來，放在口中慢慢融化。

然後，我開始攀登那座冰峰。

我曾跟世界上最優秀的攀山家布平一起攀過山，連他也承認我的登山技術一流。可是攀登由巖石組成的崇陵峭壁，和攀登由冰塊組成的冰山，全然是兩回事，幾乎是十公分十公分地把身子挪移上去，厚厚的手套，又使得手指的動作不夠靈活——但如果除下手套的話，只怕在十分鐘之內，我的雙手，就剩下禿掌，手指會因寒冷而變硬變脆，一起斷落。

我咬緊牙關向上攀着，利用每一個可供攀援向上的冰塊的稜角。冰塊堆擠在一起的高度，超過一百公尺，我全然不知過了多少時間，也不去理會自己向上攀援的成績如何，心中所有的唯一意念就是要令得自己的身子向上升，向上升，向上升！

如果不是在這種特別的環境之中，我決不認為我身體的潛能可以發揮到這一地步。南極的永晝，使我不知時日之既過，我決不敢稍事休息，直到我抬頭上望，我已經可以到這冰障的頂端了，才回頭向下看去。

這一看，才知道自己攀了多高，一陣目眩，幾乎沒有摔了下去！我急速地喘着氣，攀上了最後的一公尺，在那時候，整個人像是根本已不存在，身體的每一部分都散了開來，虛無縹緲，不知身在何處。這種感覺，自然是極度的體力消耗之後的疲累所帶來的。

不但是體力消耗殆盡，連我的意志力，也幾乎處在同一狀態，冰障的頂部，巨大的冰塊十分平坦，我真想在冰塊上面躺下來，就此不動，讓寒冷和冰雪，把我的軀體，永恒地保存起來。

在某些環境之中，人的確會產生這樣想法，深水潛水員就知道，如果身在深海之中，而忽然有了這樣的念頭，那是再危險不過的事，經常穿越沙漠的人也知道，如果口渴到了一定的程度，也會產生永遠休息的這種念頭。

人在特殊的環境下，產生這種念頭，心境甚至極度平靜，就像倦極思睡，再自然不過。這是一個人求生的意志已經消失之後的思想反應，所以也是最危險的一種情況。

當我想到這一點時，已經幾乎在那大冰塊的頂部，橫臥了下來，我心底深處，還存着一些意念，不能躺下來，還要設法下這座冰障，再繼續向前走。

可是，除了那一靈不昧的一點意念，我整個身子，都在和意念對抗着，我立即又想到：算了吧，就在這裏躺下來算了！

我甚至緩慢地伸了一個懶腰，連那一點對抗的意念也不再存在，準備躺下來了。

然而，就在那時候，我看到了那架直升機。

一時之間，我真是無法相信自己的眼睛，以為那只是我在極度疲勞之後所產生的一種幻覺。

可是，的的確確，是那架直升機，深色的機身，深色的機翼，就停在離那巨大的冰障，只不過一百公尺左右之處，那地方的峽谷已經相當寬，冰川的表面上也十分平整，是直升機降落的一個理想的地點。

我足足呆了有一分鐘之久，先是不相信自己看到的是真的，接着，又不相信自己的好運氣，隨即，我發出了一下盡我能力所能發出的歡呼聲，身子也挺立了起來。

直升機好端端地停在前面，那證明張堅沒有遇到什麼意外。

我繼續大叫着，然後，精力也恢復了，把一枚長長的釘子，釘進冰中，繫上繩索，就着繩子，向下縱去，很快地又踏足在冰川之上。

我一面叫着，一面仍向前奔去，叫的話全然沒有意義，是高興之極，自然而然發出的呼叫聲。

來到了直升機旁邊，我抬頭看去，看到機艙中好像有人在，我迅速攀上去，機艙的門只是虛掩着，打開艙門，我已經看清楚，在機艙中的那個人，並不是張堅，是一副好好先生模樣的田中博士。

田中博士「坐」在一個座位上，微張着口，一動也不動，我還未曾進艙去，就可以肯定他已經死了。因為在他的臉上，結着一層薄薄的冰花，使他的膚色，看來呈現一種異樣的慘白。

突然之間，看到了田中博士的屍體，極度意料之外。根據探險隊中所有人的分析，他駕駛的飛機，既然遇上了大風雪團，那就應該連人帶機，都變成粉碎了。

但是如今，他雖然已經死了，身上卻看不出有什麼傷痕。

為了確定他是不是真的死了，我進了機艙，試圖把他下垂的手臂提起來。可是他的身子，早已經殭硬，手臂已無法抬得起。他已經死亡，毫無疑問的。

一連串的疑問，也在這時一起湧上我的心頭：張堅到哪裏去了？溫寶裕呢？是不是也是死了，屍體在那裏？田中的飛機遇到了什麼情況，何以他的屍體可以完整地被保留下來？問題多得我一個也無法解答。

我又探身出機艙，大聲叫着，希望張堅就在附近，可以聽到我的叫聲。

但是我發現，我的叫聲，全被峽谷中的強風淹沒，根本傳不出去，所以放棄了叫嚷，回到機艙之中，本來我想發動直升機，利用機翼發出的聲響，來引起附近的人注意。但是我發現了求救設備，我取起一柄信號槍來，向着天空，連射了三槍。

三股濃黑的黑煙，筆直地升向空中，在升高了好幾十公尺，才被強風吹散。而濃煙射出的聲響，連強風都掩蓋不住。

我躍出了直升機，四面看看，等待着有人見到黑煙，聽到了聲響之後的反應。

不多一會，我就看到，在一邊的冰山懸崖，距離我站立之處，高度大約一百多公尺，有一小點黑色的東西在搖動。

由於長時間在冰天雪地之中，雖然有護目的雪鏡，可是長時間強光的刺激，也已使我雙眼疲倦不堪，尤其向高處望，光線更強烈，看出去，視線更是模糊。但是那一團搖晃着的東西顏色相當深，在一片白茫茫之中，還是可以看得見。

我用力眨着眼睛，直到眼瞼生痛，已看清了在那冰崖之上，在晃動着的，是一個人的雙臂，這個人身形看來相當矮小，我陡然在心中尖叫了起來：溫寶裕，那是溫寶裕！

我急急奔向前去，由於奔得太急，一下子跌倒，在平滑的冰面上滑出了相當遠，我心中沒有別的願望，只盼剛才看到的不是幻象才好。

站直身子，才發現我離冰崖太近了，在這個角度，就算冰崖上有人出現，我也不能看見，我正待急急後退間，突然看到一段繩索，自上面縋了下來。

我發出了一下歡呼聲，走前幾步，雙手緊握住了繩索，才知道剛才看到的，不是幻象。雙手交替着，沿繩攀上去，並不是十分困難的事，尤其在知道了溫寶裕還好好地活着，心情的興奮，幾乎可以令得體能作無限止的發揮。這時我向上攀緣的速度之快，南美長尾猴見到了，會把我引為同類。

等我攀上了冰崖，才發現冰山在那地方，形成一個相當大的平整空間，宛若一般崇山峻嶺中的石坪，等我踏足在那個冰坪上時，溫寶裕已一步一步，向我走了過來，我迎向前去，一把抓住了他，一時之間，實在不知說什麼才好。

本來幾乎是沒有可能的事，但現在卻變成了事實，真是溫寶裕，真是這個超級頑童，他活生生地在我的眼前。

溫寶裕顯然也有着同樣的激動，他也緊握住了我的手，我們四手緊握着，不願鬆開來，但是他又顯然急於指點我去看什麼，所以他只好抬起腳來，用腳向一旁指着，要我去看。

我循他所指看去，一看之下，我也不禁呆住了。

我的震呆程度是如此之甚，以至在一時之間，我忘記了身在極地的冰山之上，我唯一的念頭是：我要把我一眼看到的景象，看得清楚一點，而戴着的雪鏡，是妨礙視線的清晰。所以，我連考慮也不考慮，一下子就摘下了雪鏡，希望把眼前的景象看得清楚一些。

可是這個動作，實在太魯莽了，令我立時就嘗到了惡果。

雪鏡才一除下，雙眼就因為強烈的光線，而感到一陣刺痛。我總算驚覺得快，在我和溫寶裕同時發出的一下驚呼聲中，我立時緊閉上眼睛，同時，也立即再戴上了雪鏡。

在刺痛未曾消減之前，我不敢再睜開眼來，唯恐雙眼受到進一步的傷害。

在我緊閉雙眼的時候，眼前只是一團團白色的，不規則的幻影，在晃來晃去，無法再去注視眼前的景象，我只是問着，聲音不由自主，帶着顫音：

「這……是什麼？」

溫寶裕立即回答我：「不知道，真的，不知道。」

我深深吸了一口氣。這時，我雖然緊閉着眼，但是剛才一瞥之間的印象，卻也深留在我的腦海之中。不知道自己看到的是什麼，但是把看到的景象，如實形容出來，總還是可以的。

我循着溫寶裕用腳指點的方向看去，首先看到在距我約有三十公尺外的一幅冰崖。那幅冰崖，和冰山其它部分，呈現耀目的白色不同，是極度晶瑩的透明，簡直就是一幅透明的純淨度極高的水晶。

而就在那幅透明的冰崖之內，我在一瞥之間，看到了許多……怎麼說才好呢？若是只憑看了一眼的印象，應該說，我看到了許多東西。用「東西」來籠統形容我所看到的，總可以說確切。

自然，我也可以說，在那一剎間，我看到的是許多動物，甚至可以說，是許多人，但是在未曾看真切之前，我寧願說我看到了許多「東西」。至於那是什麼東西，我說不上來。相信就算再多看幾眼，還是說不上來——溫寶裕不知已看了多久，可是，當我問他那些東西是什麼之際，他一樣答說不知道。

在我緊閉着雙眼之際，溫寶裕問了我好幾遍：「衛先生，你眼睛怎麼了？」

我答：「不要緊，刺痛已在消退。」

當他問到第四次時，我感到刺痛已經減退到了可以忍受的程度，我也實在等得急，所以，重新又睜開了眼來。面對着那片冰崖，看到了在透明的冰崖之中的一切。

由於景象實在太奇特，所以有一兩個問題，我應該急着問的，也忘了問，例如張堅在什麼地方之類，我只是全神貫注地盯着前面看，溫寶裕緊靠我站立着，我簡直如同石像，至少呆立了超過十分鐘。

我看到的是什麼呢？

如果要我用一句話來回答，那麼，我的回答只有一句：「不知道。」

但是，我卻可以詳詳細細，形容我所看到的景象——必然十分詳細地形容，不然，根本無法表達出眼前景象的那種無可名狀的奇詭。

我所看到的一切，全在冰崖之後，那平滑晶瑩透明的冰崖，究竟有多厚，無法知道。

所謂「看到的東西在冰崖之後」，正確一點說，應該是：在冰崖之中，看到的一切，全被晶瑩透明的冰所包圍着，也就是說，一切東西，全凝結在巨大無比的冰崖中。

在冰崖中的東西，四面全是堅冰包圍，一動也不動的，可是在冰裏面的許多東西，給人的感覺，卻不是靜態，而是動態。

舉一個例子來說，有一種東西叫琥珀，樹脂凝結而成，在琥珀之中，往往有着昆蟲。如果有一隻昆蟲，正在展翅欲飛之時，恰好有一大團樹脂落在牠的身上，把牠裹住，若干年後，樹脂變成了琥珀，在琥珀中的昆蟲，仍然是展翅欲飛的形態，給人的感覺，也就是動態，不是靜態。

這時，我所看到的，在透明的堅冰中，那些給人以動態感的東西的情形，正是如此。

由於冰崖不知道有多麼厚，雖然透明晶瑩，但是被凍結在裏面的東西很多，有的在冰崖深處，只見影綽可見，不像是在冰崖這表面處的那些，看來如此清晰。

說了半天，凍結在冰崖之中的，究竟是什麼東西呢？我實在說不上來，但可以肯定的是，牠們一定是生物，或者說，牠們一定是動物。

我走近冰崖，伸手可以摸到平滑的表面，距離我最近的是一群看起來像是蜘蛛一樣的東西，有着渾圓的身體，和長得出奇的凸出物（姑且可以稱之為腳），但又只有四條。在「腿」和「身子」上，都有着密而長的細刺，或許那是毛，色作深褐，極可怕的是在渾圓的「身體」的中間部分，有一個球狀凸起，那個凸起，大小如同網球，在那個凸起之上，又有兩條長長的凸出，可以姑且稱之為「觸鬚」，而在「觸鬚」之上，又各有一個小球，大小如乒乓球。

那一群，至少有十七八個這樣的東西，「腿」或「觸鬚」的姿態，各自不同，有的看起來像是正在「爬行」，而有的，看起來像是正在「搔癢」。這種東西的球狀凸起，甚至在冰光掩映之下，還有着閃光，看起來像是活的，形態猙獰可怖。而當我第一眼看清楚其中正在「爬行」的那一個這樣的東西時，那東西像是要向我衝過來，令得我不由自主，向後退了一步。

在退出了一步之後，我才有足夠的鎮定，去想那些東西。被凍結在極度堅硬的冰崖之中，不可能爬出來。雖然說離我最近，但是，至少也在冰崖的表面五公尺之後，我和牠們之間，隔着至少五公尺厚的堅冰，不必害怕牠們的攻擊。

在那種蜘蛛狀的東西之旁，是一大堆，重重疊疊堆在一起的另一種東西，那種東西看起來像是什麼爬蟲類，色灰，無頭無腦，長度約在半公尺到一公尺之間，橢圓形，有着略帶拱起的硬甲，在硬甲之旁，是許多看來似腳非腳的凸出物。

這一大堆東西的形狀，絕不屬於看了之後，可以令人開胃消滯的那一類，但是不那麼令人震悸，有一些生物的樣子，與之類似，例如古代的三葉蟲，或在南中國海沿岸地區，可以見到的鱟魚之類，樣子就差不多。

但是，在那堆東西後面的幾個東西，看起來就可怕之極了，看得我不由自主，連連喘氣，喉間發出一種莫名其妙的聲音來。

第八部

冰崖之中怪物成群

那幾個東西，十分高大，足有三公尺高，最下面是粗而短的一個圓柱，那個圓柱，顯然不是這種東西原來的身體，而是外來的物事，也看不出是什麼質地製造。那情形，就像是一頭直立的大熊，但是兩條後腿，卻併在一起，套在一隻圓柱形的筒中。

在那個粗短的圓柱之上，是一個相當龐大的身體，上面是一個頭，頭部的結構，倒類似我們如今所熟悉的脊椎動物，有圓如銅鈴的雙眼，和濃密的體毛。

在應該是脊椎動物生長前肢的地方，也有着類如前肢的肢體，而應該是爪子的地方，「手指」看來又細又長，像是忽然之間長出了五條蛇，有的，甚至還糾纏在一起。其中有一個這樣的東西，那五條蛇一樣的手指，正纏住了一隻那一堆的怪東西，看情形是想將之抓起來。

這種東西，算是什麼？牠是一種動物，這毫無疑問，但是這又是什麼動物？牠的樣子是如此可怖，比想像中的妖魔鬼怪，還要可怖得多，若說牠是「鬼趣圖」中的一隻獨腳鬼，那庶幾近似，可是牠又那麼實在地凝結在透徹的冰崖之中。

還不止如此，在那種類似獨腳鬼形狀的東西旁邊，還有兩個更令人吃驚的東西在。

那兩個東西，也是動物，只能看到牠們的一部分，我猜，那一部分，可以算是牠們的頭部，形狀就像是放大了幾萬倍的某種昆蟲的頭部，在籃球大小的球體頂端，有着兩個網球大小的大半球狀凸起，而在那個半球體上，又是無數小球體，雖然凍結在冰崖之中，那些無數小球體，看起來還像是在閃耀着各種不同顏色的光采。而有些顏色，難以形容，因為我在此之前，根本沒有見過這樣的顏色。

在兩個網球般大小的球體之下，是許多孔洞，排列有規則，整個的顏色，是一種淡淡的灰白色，看起來怪異莫名。

只能看到牠們頭部的原因，是由於牠們的頭部以下，全藏在一個相當大的、橢圓形的，看起來如同雞蛋一樣的東西中。

這種情形，使得那個東西，看起來像是剛弄破了蛋殼，自蛋殼之中探出頭來的什麼鳥類。

然而，他們藏身的那個「大蛋殼」，又顯然並不是真的蛋殼。

那只不過是一種器具，一眼就可以看得出，那絕不是牠們身體原始的一部分，就像是那些「獨腳鬼」的「腳」，不是身體的一部分，是套上去的。

那種「蛋殼」的前端，有着許多塊狀凸起物，在這種東西的下面，冰呈現一種異樣的白色，而整個「蛋殼」的顏色深黑。

這兩個東西之令人吃驚，還不單是因為牠們頭部的外形，看來如此駭人，更在於那兩個「蛋殼」，一看就可以看出，是高度機械文明的製成品。

一看到了那兩個「蛋殼」，和這麼多奇形怪狀的東西，我當然，自然而然地想起了外星生物，來自別的星體上的怪物。

我所詳細形容出來的東西，只是列舉了幾種形體比較大的而已，其它形體較小的古怪東西，還有極多，有一種看來像是石頭雕成的，菌狀的東西，一簇一簇地在一起，上面花紋斑斕，看起來極是絢麗。

我和外星生物有過多次接觸，把這些東西，當作是外星來的生物，是自然而然的事。

可是，在我身邊的溫寶裕，這時忽然說了一句：「你看冰崖中的景象，可以和溫嶠燃着了犀角之後看到的鬼怪世界相比擬？」

我陡地呆了一呆，「啊」地一下：「是啊，那真是鬼怪世界，只怕溫公當年燃犀之後，見到的怪物再多，也不能和如今……這裏相比。」

溫寶裕靠得我更近了一些：「衞先生……這些全是生物，牠們……全是活的？」

我深深地吸了一口氣，寒冷的空氣大量湧進了體內，有助於使我的頭腦冷靜，我搖頭：「牠們曾經活過，如今自然死了，你看，牠們一動也不動，四周圍全是堅硬之極的冰塊。」

溫寶裕又問：「衞先生，牠們是什麼？」

我緩緩搖着頭，剛才，由於太專注於眼前的景象，我的脖子，有點殭硬，這時再搖頭，顯得不很自然：「我不知道，但是我想……最大的可能，那是許多種來自外星的生物。」

溫寶裕的聲音之中有着懷疑：「外星來的？那麼多種？我已經約略算過一

下，可以看得到的，至少已超過五十種不同的東西……而且還有一些，看起來……不像是生物，你看那個……」

溫寶裕一面説，一面伸手向前指着，我也早已看到了那東西，由於那東西的形狀太奇特了，不規則到根本無以名之，真要形容的話，只好説牠看起來像是一座現代派的鋼鐵雕塑品，大約有二公尺高，聳立在那裏。這樣形狀的東西，儘管我一向認為，外星生物的形狀不可設想，但我也無法設想這東西是一個動物，勉強可以説，有點像是一種植物。

我遲疑着：「總之，在冰崖中的這一切，我們以前從未見過，不但我們沒有見過，只怕地球上沒有人見過這種怪東西。」

溫寶裕像是要抗議我的這種説法，我不等他開口，就已經道：「晉代這位溫先生或許見過許多鬼怪，但是我不認為他見到的就是我們眼前的這些怪物。」

溫寶裕還是説了一句：「至少，所看到的……全是前所未見的怪物。」

他這樣説，倒沒有法子反駁，我只好悶哼一聲，不作反應。

溫寶裕忽然又急急地道：「當時，我偶然看到了冰崖之中，好像有許多東西在，田中博士也看到了，他要不顧一切飛過去看看……其實也很正常……可惜他……唉，真不知是誰的錯。」

直到他這樣說了，我才陡然想起，我還有許多問題要問他……問題實在太多了，真不知從何問起才好，我揮了揮手，先問道：「張堅呢？」

溫寶裕「啊」地一聲：「他不讓我進去，自己進去了。」

我呆了一呆，一時之間，不知道他這樣說是什麼意思，他一面說着，一面伸手指向冰崖的另一邊，我循他所指看去，看到冰崖在那部分，有一個屏障似的傾出，我急急走了過去，看到冰屏後面，是一道相當寬闊的隙縫，情形一如山崖之中的石縫，可供人走進去。

看到了這種情形，溫寶裕的那句話，自然再容易明白都沒有了，他是說張堅從那個隙縫之中，走了進去。

我悶哼了一聲：「你這次倒聽話，他叫你別進去，你可就不進去了？」

溫寶裕聲音苦澀：「我……已經闖了大禍，不敢再……亂來了，而且，他告訴我，說你在後面追着來，他還說着他很知道你的脾氣，就算爬行着，也會追上來，所以他又叫我在外面，以便接應。」

想起張堅的行為，我真是忍不住生氣，他可能只以為我駕着雪車前來，沒料到冰川之上，障礙重重，我為了翻越這些冰障，真是吃足了苦頭。

溫寶裕又道：「當我聽到信號槍的聲響，和看到濃煙升空，我就知道一定是你來了，衛先生，看到你真是太好了。」

在有了這樣的經歷之後，溫寶裕好像成熟了不少。而在這時候的話，聽來也十分衷心，不是什麼滑頭話。說起來，田中博士的飛機失事，我也有不是，如果不是我堅持不讓他下機，田中自己一個人駕機走，自然不會有如今這樣的意外。

但是，自然也不能有如今這樣的發現。

如今，我們究竟發現了什麼，有什麼意義，我還一點頭緒都沒有，但是在冰崖之中，凍結着那麼多形狀如此古怪的生物，這總是異乎尋常的大發現。

我嘆了一聲，伸手在他的肩頭上拍了一下，想安慰他幾句，但是卻也不知道說什麼才好，只是道：「來，我們一起進去看看，張堅真不夠意思，見了面，我還得好好地罵他。」

溫寶裕卻立時道：「張先生已約略對我說了經過，我倒覺得，他撇下你自來涉險，用意是和你不讓我下機，要我立刻回去一樣。」

這小子，在這當口，說話還是不讓人，我狠狠瞪了他一眼，可是我想由於大家都戴着雪鏡，再發狠瞪他，也起不了什麼效果，自然是也懶得和他分辯，已和他一起自那冰縫之中，走了進去。

一進入冰縫之中，溫寶裕不由自主，發出了驚怖的呻吟聲。

別說他是一個從來也沒有冒險經歷的少年，連我，不知經過多少古怪事情，也要竭力忍着，才能不發出同樣的聲音來。

那個冰縫，不知是怎麼形成的，它把那座巨大的冰崖，從中劈成了兩半，一走進去，兩面全是晶瑩透明的冰，而兩面的冰崖之中，又全凍結着各種各樣、千奇百怪、奇形怪狀的東西。溫寶裕無疑十分勇敢，也十分富於幻想力。但是躺在家裏自己的房間中，翹起腿來胡思亂想是一回事，真正進入了一個幻想境地，一切的想像全變成了事實，根本不可能的事，一下子全出現在眼前，那又是另一回事。

我們這時的情形，就是這樣，一進入冰縫之後，就置身於幻想世界。和在冰崖之前，凝視着種種色色，凍結在冰中的怪物，所得的感受，又自大不相同。

那時，冰中的怪東西，距冰崖表面，更近的也有好幾公尺，進入了冰縫，那些無以名之的怪東西，就在貼近冰的表面處，有的，甚至於牠們的肢體的一部分，還在冰的表面之外，暴露在極其寒冷的低溫空氣中，一個如同蜘蛛的東西的一條「長腿」，橫亘着，阻住了我們的去路，我們兩個人，實在不知道怎麼才好！

我呆了一會，小心伸出手，想把那手臂粗細，又裹着一層冰的那隻「腳」推開一點，好走過去，誰知道那東西十分脆，手才向前推了一下，就「啪」地一聲，齊冰的表面，斷了下來。

溫寶裕在我的身邊，發出了一下驚呼聲，像是怕那斷下來的東西，會飛起來，撲向他，把他抓住。他緊抓住了我的手臂，一動也不敢動。

我注視着落在冰上的那一大截肢體——那毫無疑問，是那種怪物的一截肢體，也有唯恐那忽然活動起來的恐懼，所以要過了一會，才能開口：「寶裕，我敢說，沒有人可以想像，世界上有這樣的一個『恐怖洞』在。」

所謂「恐怖洞」是一般大型遊樂場中常有的設施——遊人進入一個黑暗的洞中，在黑暗之中，不時會有一些鬼怪撲出來嚇人一大跳的那種遊戲。

溫寶裕的聲音發着顫：「別……開玩笑了，我實在十分害怕。」

我沒有拾起那截肢體來，兩人跨過了那截肢體，繼續向前走去，不多久，有一個東西，身體的上半截，全在冰的外面，斜斜地伸向外，連我也沒有勇氣再去推，要是一推之下，那上半截身軀，又斷了下來，這實在不知如何才好。

那身子的上半截斜斜伸在冰外，是一個看起來由許多細長的棍子組成的圓柱體，上半截——就在我面前，伸手可及處——是一個尖頭尖腦的「頭部」（我假定是頭部），長着許多刺不像刺，毛不像毛的東西，在那些毛或刺之中，有着兩個球狀的凸起——這些怪物，大部分都有着這種凸起，那是什麼器官，是「眼睛」？

那東西的兩個球狀凸起，如果是眼睛的話，那麼牠就正在「看」着我們。自然，在那半截身軀上，也罩着一層薄冰，可是那和赤裸裸地面對着這樣的一個怪東西，也沒有什麼區別了。

我們在那怪東西面前，呆立了好一會才定過神來，溫寶裕怯意地道：「牠……真是曾經活過的，你看，牠像是不甘心被冰凍在裏面，硬是要掙出來，可是只掙出了一半，下半身還是被冰凍住了，天……那許多冰，一定一下子形成，所有的東西被冰包住，根本沒有逃走的機會。」

我早就認為，溫寶裕想像力十分豐富。我乍一見到冰崖之中的那種奇異景象，隱約地、模糊地有「十分熟悉」的感覺。但是這種情景，又是我從來未曾見過的，所以雖然曾有過這樣的感覺，也想過就算，沒有進一步地深究下去。

直到這時，聽得溫寶裕如此說，我心中陡地一亮，不由自主，「啊」地一聲：「這……這情形，就像兩千多年之前，維蘇埃火山突然爆發，數以億噸計的火山灰，在剎那之間罩住了龐貝城，把城中所有的一切，全都埋進了火山灰一樣。」

溫寶裕立時道：「情形有點相類，但可能來得還要快，你看，冰中的那些怪東西，有的動作，一看就可以看出，只進行到一半。」

我想了一想：「更快，那應該用什麼來作比喻？快得就像……像核武器爆發？耀目的光芒一閃，不到十分之一秒，所有的生物就完全死亡！」

溫寶裕同意：「大約就是那麼快，可是所有的生物死亡的方式不同，這裏的生物，全被凍結在冰層之中……這是一種什麼樣的變化？」

我自然無法回答他的這個問題，只好攤了攤手，和他一起，避過了那個上半身斜伸出來的怪東西，繼續向前面走。

才走出了不幾步，溫寶裕發出了一下低呼聲，我知道他發出驚呼聲的原因，是因為在前面，有一個「怪東西」，竟然是活動的。

但是我卻沒有吃驚，因為我早已看到，那不是什麼「怪東西」，雖然厚厚的禦寒衣，加上帽子、雪鏡、口罩，看起來樣子夠怪的，但那是和我們一樣的人，而且，當然就是張堅。

張堅那時，站在一個「頭部」有一半在冰層之外的怪物面前，雙手無目的地揮動着，那個怪物的頭，像是一個放大了幾千倍的螳螂頭，呈可怕的三角形，有着暗綠色的半球狀凸起。

他分明極度迷惘，我和他心境相同。所以，我沒有大聲叫他，只是默默地走到了他的身前。他抬頭向我看了一眼，喉際發出了一陣「咯咯」的聲響，也不問我怎麼來的，只是用聽來十分怪異的聲音問：「這是什麼？天，這是什麼？」

我比他略為鎮定，對這個問題，可以作出比較理智的回答：「是許多我們從來未曾見過的生物，不但我們未曾見過，也從來沒有人見過，不存在於任何的記載。甚至，隨便一個人的想像力多麼豐富，也無法想像出世上有那麼多的怪東西。」

張堅長長地吁了一口氣，他呼出來的氣，透過口罩，在寒冷的空氣之中，凝成了一蓬白霧。

他道：「那些……生物……在這裏，竟是那麼完整。現在我知道我在……海底的冰層，看到的是什麼了。」

我不禁「啊」地一聲，記起了自己為什麼才到南極來。

由於張堅在海底的冰層中，發現了不知什麼東西。他在海底冰層中發現的景象，和這裏一樣？

張堅採集的，內中有着生物胚胎的冰塊，送到胡懷玉的研究所去的那些，內中的胚胎，就是這裏的許多怪物之中某一種的胚胎？發展起來，就會變成某一種怪東西？

如果真是這樣，那麼胡懷玉……

想到這裏，我思緒紊亂之極，我疾聲問：「你在海底看到的是什麼？我一再問你，你都不肯說。」

張堅向我望來，語音苦澀：「不是我不肯說，而是我實在不知道該如何說。即使是這裏的景象，叫你說，你怎麼說？」

我問：「海底冰層之中看到的，就和這裏一樣？」

張堅搖着頭：「不，可怕得多。」

我不由自主吸了一口氣：「可怕得多，那怎麼可能？我實在想不出還有什麼情景，會比這裏更可怕。」

張堅停了片刻，急促地喘了幾口氣：「這裏的一切完整，而我在海底冰層中所看到的一切，全支離破碎的……全是這種怪東西……的殘缺的肢體，沒有一個完整。」

我一聽得他這樣說，不禁打了一個哆嗦，的確，如果全是各種各樣怪東西的肢體，那真是比目前的情形，還要可怕得多。

而且，那也更難知道究竟是什麼，難怪張堅一再要我去看，他的確是無法說得上來他看到的是什麼？

我同時也明白了，何以在探險隊長說到，他可能遇到田中博士一隻斷碎了的手掌時，他的反應如此激動：他想到了海底冰層之中看到的可怕景象。

張堅指着他面前的那個怪物：「這裏有那麼多……完整的……我相信在海底冰層中的那些，原來也是完整的，許多年來，冰層緩慢移動，被弄得支離破碎了的。」

張堅又「咕」地一聲，吞了一口口水：「冰層的移動十分緩慢，但是力量極大，不管是什麼生物，總是血肉之軀，一定……」

他才講到這裏，我又陡地想起一樁事來，忙打斷了他的話頭：「等一等，冰層移動……照你的意見，冰層從這裏移動到你看到的海底，那要多久？注意，我問的是冰層的移動，不是冰川的移動。」

張堅回答：「我懂，冰層的移動極慢，那一段距離，可能要幾十萬年，幾百萬年，誰知道確切的時間是多少？人類的歷史不過可以上溯幾千年，就算從原始人開始，也不過幾十萬年。」

我指着眼前的那個怪物：「那麼，照這樣說來，這些東西，被凍結在冰層之中，已經超過了幾百萬年，甚至於更久遠？」

張堅想了一想：「十多年前，加拿大科學家在南極西部的一個探險站，用特殊設計的鑽機，鑽下去近兩千五百公尺深處，取到了冰塊的樣本，在那次得到的標本中，甚至可以知道幾千萬年之前，或者更久，空氣中氧的成分，也與如今的空氣中氧的成分有異，在極地上取得的標本，可以推算到上億年之前，不算是什麼稀罕的事。」

我有點激動得發顫：「那麼，你在寄給胡懷玉那些含有生物胚胎的冰塊時，也是早知那些胚胎，有可能是上億年之前留下來的？」

張堅坦然道：「至少在科學上，可以作這樣的假設。」

我深深吸了一口氣，苦笑了一下，隱隱感到胡懷玉的憂慮，也不一定沒有道理。

上億年，誰知道上億年之前的生物形態是什麼樣子！

那可能是地球上三次冰河時期中的生物，早就有人認為，地球文明，由於冰河時期而結束，然後，又再開始。如果這種說法成立，那麼，地球已有過三次冰河時期，有過三次地球文明的覆亡，我們如今這一代的地球文明，就算從猿人開始算起，是第三次冰河時期結束之後的事，是地球上的第四代文明。

而且，地球上曾發生過三次冰河時期，也只不過是一種推測。推測中的第一次冰河時期稱為「震旦紀冰期」，震旦紀，那是地質學上的名稱，估計距離現代，是在五億七千萬年到十九億年之間。

五億七千萬年到十九億年，真正難以想像那是多麼悠遠的歲月！

在那悠遠的歲月之前，更是連推算都無法推算的事情了。

我在剎那之間，想到了許多問題，也感到我現在看到的那麼多怪東西，大有可能，不自外星來，更有可能是地球上土生土長的東西，只不過不知是哪一代地球文明的生物而已。

如果那些怪物，在近十億年之前，生活在地球上，那麼形態如此之奇特，倒也可以想像。每一次冰河時期的大毀滅，再由最簡單的生命，進化成為複雜的高級生物，無論如何，「下一代」的外形，不能和「上一代」相同。

我在雜七雜八地想着，溫寶裕拉了拉我的衣袖，指着冰層的深處：「看，那裏面，還有兩個像是坐在蛋殼中的東西在。」

我自然知道他所說的「坐在蛋殼中的東西」是什麼東西。那種東西，只有頭部露在外面，而身子隱沒在一個如同蛋殼般的容器中。

我循他所指看去，果然又有兩個在，在所有的怪東西之中，以這種「東西」最少，能夠看得到的，只有四個。

張堅在這時忽然道：「那一種……看起來，在一種人工造成的器具中。」

溫寶裕自有他少年人的想法：「看起來，像是我們坐在一輛小型的開篷汽車中一樣。」

我和張堅都不由自主，震動了一下，他提出來的比喻，十分貼切。

如果那蛋殼形的東西，是一種什麼器具，那麼，這種東西藏身在那種器具之中。

為什麼只有那種形狀的東西，藏身於一種器具之中？這種形狀的東西，是一種高級生物？

在我們看來，一切全是那樣怪異莫名，所以我們根本無法分得出其中哪一種比較高級，就像是一個完全未曾見過地球生物的外星人，看到了人和狗馬牛羊雞鴨等等生物在一起，也無法分別出何者高級，何者低級。唯一分辨的方法，就是看看哪一種有着人工製造的東西在身上。例如人有衣服，牛卻只有天生的皮和毛。

這一共只有四個的東西，既然懂得利用一種製造出來的容器，把自己的身子藏在裏面，那麼自然比其他的生物要進步得多。

當我這樣想着的時候，已經有一個模糊的概念，在我腦海之中，逐漸形成，陡然之間，我叫了起來：「這……被凍結在冰中的一切……看起來，像是現在的……一個農場！」

張堅尖聲叫了起來：「一個農場？」

溫寶裕也仰起頭，向我望來。

我對於自己設想的概念有了結果，十分興奮，不住地指着冰層中的那些東西：「看，坐在『蛋殼』中的，可以假設它們是人，而各種各樣的怪東西，有一部分是植物，大部分是動物，就像農場中的雞鴨牛羊，這是一個養殖各種生物的場所。」

溫寶裕的聲音之中，充滿了疑惑：「養這麼多鬼怪一樣的東西？」

我笑了起來：「小朋友，雞的樣子，由於你從小看慣了，所以不覺得奇怪，若是叫一個從來也未曾見過禽鳥的人看到了，一樣如同鬼怪。」

張堅的聲音中，也充滿了疑惑：「一個農場……你的意思是說，一個……農場，正在進行日常的活動，但突然之間，冰就把它們一起凍結了起來，自此之後，牠們就一直在冰中，直到如今。」

我道：「如果你還有第二個解釋的話，不妨提出來。」

張堅呆了半晌，才緩緩搖了搖頭，我道：「自然也有可能，這是一群來自外星的生物，突然被凍結了起來，不過看起來，是地球上代文明，生活在地球上的生物。」張堅伸手，去摸那個露在冰外生物的「頭部」。

我對他的動作，感到有點怵然，試探着問：「張堅，你要把牠們……弄回去研究？」

張堅連考慮也未曾考慮就回答，顯然他心中，早已有了決定：「當然，在冰中的，無法取得出來，上億年的冰，堅硬程度，十分驚人，但是露在冰層之外的部分，都可以弄回去研究。」

我的想法十分矛盾。在這個冰層中的一切，幾乎沒有一樣不足以令得舉世的科學家發狂，不知可以供多少人多少年研究，研究的結果，有可能像是我的推測，也有可能根本不是，這是人類科學上的極其重大的發現，我自然也想有真正的結果，好明白這些奇形怪狀，看來一如鬼魅魍魎的東西的真正來源。

可是另一方面，我卻感到極度的恐懼。恐懼感一半由我自己的想法所產生，另一半，卻來自胡懷玉的影響。

張堅寄給胡懷玉的，內有生物胚胎的冰塊來自海底冰層，而他在海底冰層，又曾見過許多破碎的，各類怪物的肢體，和這裏所見的相同。那麼，胚胎成長之後，變為不可測的生物的可能性太大了。

如果張堅把這裏可以帶回去的一切，帶回去研究，在不同的環境下，例如說，不是如此嚴寒，是不是會產生異乎尋常的變化？

這就是我擔心的事。

這時，我看得出，張堅正處於一種狂熱的情緒中，要令得他放棄，很不容易，但是我總得試一試。

我想了一想，輕輕把張堅放在那怪東西半邊頭上的手，推了開去：「這一點，很值得從長計議。」

張堅以極愕然的聲音反問：「哪一點？什麼事要從長計議。」

我嘆了一下：「你知道我在說什麼？」

張堅立時大聲回答：「根本不必考慮，這裏，在冰層之外，可以帶回去的每一樣東西，都是科學研究上的無價之寶。」

我點頭：「這絕不必懷疑，問題是：你知道那些無價之寶是什麼？」

張堅道：「是生物，各種各樣的生物。」

我吸了一口氣：「正因為牠們是生物，所以才可怕，牠們……牠們……」

張堅放肆地大笑了起來：「你怕什麼？不必吞吞吐吐，你怕牠們會復活？」

我對張堅的這種態度，已經相當氣惱，不識趣的溫寶裕，在這時居然也跟打了一個「哈哈」。我冷冷地道：「牠們若是復活，也不是什麼值得奇怪的事。」

張堅止住了笑：「我們並不能把牠們之中任何一種完整地帶回去，只是一些肢體，像這個，可以把牠半邊頭弄下來，已經很不錯了，一些殘破的肢體，怎麼會復活，有什麼可怕？」

我又嘆了一聲：「看得見的，並不可怕，看不見的那才真可怕。」

張堅陡然揮着手：「我不明白你的意思。」

我也激動地揮着手：「第一批登陸月球回來的太空人，為什麼要經過相當時間的絕對隔離？」

一聽得我這樣講，張堅默然，溫寶裕也發出了一下低呼聲。

這個問題的答案，三個人全都再也清楚不過，怕的是月球上有着什麼不為人類所知，肉眼又看不到的古怪生物，如果把這種生物帶到了地球上來，而又蔓延繁殖，會造成什麼樣的結果，全然沒有人可以說得上！

在張堅不出聲時，我又道：「這些怪東西復活的可能性極少，但是牠們的肢體上，又焉知不附帶着人眼所看不見的微生物？只怕一離開了這裏的環境，那些微生物就有大量繁殖的機會。」

張堅沉聲道：「這只不過是你的推測。」

我用力搖着頭：「絕不是我的推測，你交給胡懷玉的冰塊中的胚胎，在溫度逐步降低中，就開始成長，胡懷玉為此緊張莫名，我到現在，也不全盤否定胡懷玉已經受到了這種不知名生物侵擾的可能性。」

張堅的聲音聽來極憤怒：「照你所說的情形，胡懷玉只是輕度的精神分裂。」我立時回答：「又焉知輕度的精神分裂，不是不知名生物對人腦侵擾的結果？」

我和張堅爭論，溫寶裕這小傢伙，一直十分有興趣地在一旁聽着，我想我已經把我的意思，十分清楚地表達出來了，可是張堅卻仍然固執地道：「不行，你想叫我不研究這樣的發現，絕無可能。」

我嘆了一聲，我也知道絕無可能。但是我也沒有想到，張堅一下子會變得如此瘋狂，他話才一出口，雙手就抱住了那個怪物的半邊頭，像是一個摔角選手挾住了他對手的頭一樣，用力扭着，想把露在冰層外的那半個頭，扭將下來。

然而那半個頭，多半由於露在冰外的部分並不太多，或者是由於那怪東西的頭部構造相當堅硬，所以張堅雖然用力在扭着，那半邊頭，卻絲毫未受撼動。

這種情景，真是詭異莫名，看了令人渾身都起雞皮疙瘩。我忍不住叫了起來：「好了，好了，你不一定非要那半個頭不可，可以供你帶回去研究的東西多的是。」

經我一叫，張堅總算停了手，溫寶裕膽怯地道：「我們在裏面已經夠久了，是不是該出去了？」

我們身在冰縫之中，看出去，前後左右，全是凍結在晶瑩的冰層中的各種怪物，我也早想退出去了，和這麼多奇形怪狀的東西在一起，畢竟不是愉快的事。

那道冰縫，向前去，看起來不知有多麼深，張堅聽得我和溫寶裕商量着要離開，十分依依不捨。我提醒他：「你的直升機停在冰川上，要是有了意外，我們可能都回不去，那時，只好把蒐集來的怪東西的肢體咬來吃，無法再作任何研究了。」

我用這種方式警告他，總算有了效，他首先向外走去，遇到再露在冰外的怪物的肢體，他就用力拗着，扳着，推着，不一會，他手中已經拿不下了，他解下了一條帶子來，把那些肢體，全都綑了起來，看他的樣子，像是在野外收集樹枝準備生火，多多益善。

當他來到了那個有一半身子在外面的怪東西之前，他推了一下，沒有推動，一面揮着手，一面叫道：「衛斯理，我們一起來撞。」

我駭然道：「這……未免太大了吧。」

張堅道：「你懂得什麼，我們到現在為止，收集到的，只不過全是肢體，你看這個，有一大半身子在外面，如果弄回去，連內臟都在，多麼有研究價值。」

他一面說，一面已用力在那怪東西的身子上，撞了起來。

可是在嚴寒之下，怪東西雖然有一大半身子在外，也已整個凍得像一個周圍有幾乎一公尺的冰柱，當然不是那麼容易撞斷的，他一再催我和他一起撞，可是我們兩個人合力，再加上溫寶裕，三個人撞了十來下，還是無法將之弄斷下來。

張堅發狠道：「下次帶齊工具來，」他說着，用力在冰上踢了一腳：「一定要把你整個弄出來。」

我感到在這裏再多逗留下去，張堅的情緒，將會愈來愈不穩定，忙道：「下次再說吧，把整個冰崖炸開來都可以，別再虛耗時間了。」

張堅猶自不肯干休，我拉着他向外走去，不一會，出了那個冰縫，外面的風勢顯然比我們進來時，強烈了許多，那個大幅的冰坪上，積雪因風勢在旋轉着，看來聲勢十分駭人。一看到這樣情形，張堅也不敢再耽擱，溫寶裕的動作十分靈活，一下子就找到了那股繩索，次第循着那股繩索，向下面縋去。到達冰川上，看到那架直升機在強風中晃動着，我們彎着身，張堅抱着他收集來的那些怪物的肢體，向前奔去。

三個人的行動，狼狽不堪，連跌帶爬，才到了機旁，張堅先把溫寶裕托上機去，然後才和我一起鑽進了機艙。

我沉聲道：「張堅，在這樣的強風中起飛，還是由我來駕駛吧。」

張堅不說什麼，只是點着頭，溫寶裕的手在微微發抖，伸手放在田中博士屍體的肩頭上，機艙相當小，只有兩個座位，張堅和溫寶裕，蜷縮在座位的後面。我發動引擎，機翼開始旋轉，可是機身晃動得更厲害。作好了一切準備，陡然把馬力發動到最大，直升機在劇烈的顫動中，向上升起。

可是一升空之後，在強風之中，機身搖晃得更甚，連機翼的轉速，也受了影響，我側轉機身，順着風向，向前飛去。

整個直升機，如同是一頭發了瘋的公牛，雖然已經在空中，可是左搖右擺，簡直完全不受控制，好幾次，機翼幾乎碰在兩邊的冰崖之上，機翼斷折的後果，不堪想像，可能是若干億年之後，又有新一代的地球生物，發現我們這三個怪東西，躲在一個如同蛋殼般的容器之內，還維持着動態。

由於機身在劇烈地晃動，在我身邊的田中博士的屍體，有時會撞在我的身上，每當有這樣情形發生時，溫寶裕總會把他推開去，我在百忙中望了溫寶裕一眼，看來他倒十分鎮定。

和強風爭持着，直升機終於愈升愈高，等到升出了兩邊的冰崖時，我們三個人，不約而同，一起發出了一下歡呼聲，因為最危險的時刻已經過去了。

雖然風勢依然強烈，但是擺脫了直升機撞到冰崖上的危險，總好得多了，我打開了直升機上的通訊儀，向基地簡略地報告着我們所在的位置和情形。

從基地上傳來的回答，充滿了不相信的語氣，直升機一直向前飛着，奇在這時，機中三個人，沒有一個人想講話，只有維持着沉默。

一直到達遠遠可以望見基地的半球形的建築物了，我才開口：「張堅，你準備把我們的發現公開？」

張堅停了一會，才道：「在研究沒有結果之前，我不想公開。」

我吁了一口氣，轉頭向溫寶裕望了一眼，溫寶裕忙道：「我不會說出去，這一切……全是那麼邪門，在研究沒有結果之前，我不會說出去。」

第九部

奇蹟中的奇蹟

張堅又道：「只怕……在基地中沒有那麼好的設備，還是要借助胡懷玉的研究所，把那些東西在低溫中保存起來，我要親自去和胡懷玉一起，主持研究。」

想起了胡懷玉的情形，我只好嘆一聲：「但願他有足夠清醒的神志，可以進行研究工作。」

張堅不說什麼，在機上找到了一個十分大的厚膠布袋子，在狹窄的空間中，動作極難地把他收集來的那些怪物的肢體，全都放了進去，把袋口緊緊紮了起來，我注意到，那些怪東西的肢體上，本來都結着一層冰，大約有半公分厚，但是在直升機上，那些冰層，已經開始溶化。

溫寶裕叫了起來，基地的半球型建築物中，有許多人奔了出來，雙手向上揮動。這些人，自然是知道我們劫後餘生，出來歡迎我們的。

直升機盤旋降落，首先奔到直升機旁來的是探險隊長，艙門一打開，就聽到了所有人不斷的歡呼聲。在我要下機時，溫寶裕拉了拉我的衣服，我明白他的意思：「下去吧，小鬼頭。」

溫寶裕也發出了一下歡呼聲，我們三個人下了機，歡迎的人湧了上來，張堅的表現十分不近人情，他大聲叫着：「負責低溫保藏的人在哪裏？快跟我來，我有標本要超低溫冷藏。」

隊長向他迎去，卻被他粗暴地推了開去：「有什麼事，等我做完了工作再說，現在千萬別打擾我。」

大抵科學家都有點怪脾氣，隊長也見怪不怪，並不生氣，又轉身向我走來。我指了指機艙：「田中博士不幸罹難，屍體在機艙上，請處理。」

隊長揮着手：「那簡直不可相信，飛機遇上了大風雪團，居然有人生還。」

他一面說着，一面用極其懷疑的目光望向溫寶裕，好像溫寶裕不是活人。溫寶裕連忙蹦跳了幾下：「看，我還活着，不過田中博士……」

他難過地沒有說下去，隊長一面揮手，令人向直升機走去，一面又道：「怎麼一回事？當時的經過怎樣？這經驗太寶貴了。」

他這幾句是向我問的，我呆了一呆：「我不知道，還沒有問。」

我一見到張堅、溫寶裕，所看到的景象太奇特了，所以我根本未曾來得及去問溫寶裕歷險的經過，所以自然也無法回答隊長的話。

隊長轉過頭去，張堅已直衝進基地去了，把田中博士的屍體抬下來，隊長向溫寶裕道：「你要作一份報告，報告出事的經過。」

溫寶裕點了點頭，我們一起進了基地的建築物，除去了令人動作不便、臃腫的禦寒衣，除下了雪鏡和口罩，長長吁了一口氣，我看到溫寶裕的神色，十分蒼白。我們被請到了隊長的辦公室中，溫寶裕有點坐立不安。

我在他耳際低聲道：「別慌張，這次失事，不完全是你的錯，至於冰崖中的那些東西，暫時還是別說的好。」

他咬着唇，點了點頭，隊長吩咐了幾個人進來作記錄，皺着眉：「張堅不知道有了什麼發現。一個人在低溫保存室中，誰也不見。」

我假裝沒有什麼的樣子：「科學家總是這樣子的。隊長，請你用最快的方法，通知這個孩子的父母，孩子和我在一起，安全無事。」

隊長答應着，向溫寶裕要了他父母的聯絡電話號碼，派了一個人出去辦這件事。

我想到，他的那個木訥的父親和誇張的母親，知道自己的寶貝兒子在南極，只怕兩個人都會昏過去。

隊長請我們坐了下來，直視着溫寶裕說：「好了，年輕人，我們希望知道經過。」

溫寶裕直了直身子：「田中博士是一個十分可親的長者，他不忍心拒絕我的要求，我要求盡量好好看一看南極，因為一個人不是有很多次機會可以看到南極景色。他甚至答應我，在兩座冰崖中間的峽谷飛行……」

隊長悶哼了一聲，看來很想表示一下他對這個「小魔鬼」的意見，我在這時，作了一個手勢，示意他不要出聲，他才把話忍了下來。

溫寶裕繼續道：「飛機在峽谷中飛行，開始沒有什麼問題，只不過由於氣流的緣故，飛機顛簸得很厲害，但是田中博士說他完全可以應付，直到那一大團白茫茫的……雲團……突然出現……」

隊長糾正了他的話：「不是雲團，是可以吞噬一切的大風雪團。」

溫寶裕的盤音很苦澀：「我不知道是什麼，那時，博士叫我注意着雷達屏，我看到了有一大團東西迅速接近，就提醒博士。」

隊長又道：「基地的通訊部分，收到你們這一段對話，當時，博士為什麼不覺得事情的嚴重性，還繼續向前飛？」

溫寶裕向我望來，我裝作若無其事。溫寶裕的回答，倒也無懈可擊：「我不知道為什麼，飛機由博士駕駛，他決定繼續向前飛，一定有他的道理，可惜他已死了，不能回答為什麼。」

在面對大風雪團的極度危險下，還要向前飛，一定是有極其特別的理由。我和溫寶裕都知道是為了什麼，隊長也知道一定有理由，但是他卻不知道是為了什麼，而溫寶裕的回答，又令得他無法再追問下去。

他遲疑了一下：「然後，你們的飛機，就迎面撞進了大風雪團之中？」

溫寶裕道：「我不知道什麼叫大風雪團，只是在那一大團白茫茫的……風雪團。田中博士突然拉下了一個掣，我和他兩個人，就從座位上直彈了出去。」

隊長「啊」地一聲：「緊急的逃生設備，可以把人彈出機艙去，可是……可是……」

隊長的語氣充滿疑惑，我知道他在懷疑什麼，因為就算利用了緊急逃生設備，彈出了機艙，仍然沒有逃生機會的。

這一點，不但隊長疑惑，連我的心中，也十分疑惑，難以設想當時的情形。

我們一起向溫寶裕望去，溫寶裕問：「我不應該生還？我的生還是一個奇蹟？」

我道：「是奇蹟中的奇蹟，你試說一下當時的情形？」

溫寶裕用力抓着頭：「當時的一切，實在來得太快，根本容不得我去想什麼，現在回想起來，也十分模糊，一彈出來，那一大團……鋪天蓋地的白色，就在眼前，可是又有一股極大的力道，又不像是強風，只是一股極大的力道，一下子把我推得向外直摔了出去，我不知摔出了多遠，跌進了一大堆雪中，等我盡量掙扎着，冒出頭來，看到博士的大半身埋在雪裏，就在我不遠處，我把他拖出來，他已經一動不動了。」

隊長皺着眉，旁邊一個探險隊員陡然發出了一下驚呼聲：「隊長，我們一直在研究大風雪團快速前進時，對空氣流動所造成的壓力，這個少年的經歷，說明了在大風雪團的前端，急速流動的空氣，會形成一個氣囊，這個氣囊是空氣在巨大的壓力之下所形成。」

隊長也「啊」地一聲：「自機艙中彈出的兩個人，恰好遇上了氣囊的邊緣，被氣囊邊緣的彈力震了出來，所以能避過了大風雪團的壓力。」

我不是十分深入明白隊長和隊員的對話，但多少總可以知道，當時的情形之險，機緣之巧，是奇蹟中的奇蹟，可惜的是田中博士還是死了，沒有在奇蹟中生還。我想那多半是由於他年紀大了，不像溫寶裕那樣年輕而充滿了活力，抵受不了當時情形下的衝擊。由於他們是跌進了積雪之中，所以田中博士雖然死了，身上也沒有傷痕。

我們都沉默了半晌，我才問：「那架飛機……」

隊長苦笑：「飛機被捲進了大風雪團之中，自然被扯成了碎片。」

當隊長這樣講的時候，溫寶裕也不由自主，打了一個寒顫。

那個隊長又道：「如果不是他們彈出機艙時，恰好遇上了氣囊的邊緣，我想他們也不會有什麼剩下來。」

溫寶裕又打了一個寒戰——很多情形之下，當時不知道害怕，事後想起來，才會震顫，溫寶裕這時的心情一定是這樣。

隊長又問：「你落下來的地方，是在何處？」

溫寶裕道：「是在……一個冰坪上——」他向我望了一眼：「就是那個冰坪。」

我知道他是指哪一個冰坪而言，連忙補充了一句：「就是張堅後來發現他們的那處。」

隊長沒有追問下去，溫寶裕道：「當時我發現博士死了，飛機也不見了，在我頭上，那一大團風雪，發出震耳欲聾的聲響掠過去，我真是害怕極了，雖然……」

他講到這裏，停了一停，我明白他的意思是雖然就在那個冰坪之旁的冰崖之中，有那麼奇特的景象，但是他面臨生死關頭，也不會再去觀看。

他停了一停，又道：「當時我真是不知道該如何才好，幸而我又發現了一大包東西，那是和我一起彈出機艙的急救用品，我打了開來，發現其中有繩索，有酒，還有乾糧，和禦寒用的厚被袋，我想一定會有救援隊來，就壓制着恐慌，在那冰坪上等着。」

當他說到這裏的時候，我向隊長瞪了一眼，因為當時他是認為派出救援隊沒有意義！

隊長面有慚色，轉移着話題：「做得對，小朋友，做得對，在急難的情況下，最重要的就是鎮定。」

溫寶裕苦笑了一下，猶有餘悸：「我盡我力量等着……後來，就聽到了直升機的聲音，張先生駕着機來了，他看到了我，停下了直升機，我用救急包中的繩索，拉他上來……接着，衛先生也來了。」

隊長和幾個隊員互望了一眼，顯然對溫寶裕的話，感到了滿意，他們低聲而急速地商議了幾句，隊長道：「小朋友，你替南極的探險，立了一次大功，使我們對大風雪團，有了進一步的了解。」

溫寶裕難過地道：「可是田中博士卻死了。」

我在這時候，開始喜歡溫寶裕更加多了一些，因為他念念不忘田中博士的死亡，反倒是隊長，一點不關心田中博士的死亡，只注意科學上的新發現，一點人情味都沒有。

隊長這時，只是嘆了幾聲：「我們會盡快安排你離開，回家去，我想明天……」

隊長才講到這裏，張堅已像一陣大風那樣，衝了進來，大聲道：「明天？不行。要立即派飛機來，我立即就要出發。」

隊長愕然：「你要到哪裏去？」

張堅用力揮着手：「我要離開南極一陣子，日子不能確定。」

隊長和幾個隊員聽了，張大了口合不攏來，在他們聽來，張堅要離開南極，簡直就像魚兒要離開水一樣不可思議。但是這時，張堅的神態，又是如此堅決。隊長開口想問什麼，張堅已經不耐煩地吼叫起來：「快，用最快的方法，調一架飛機來。」

隊長被他的態度，嚇得有點不知所措，只好連聲答應着：「是。是。」

張堅又道：「飛機何時可到，立即通知我，我和這兩位朋友，有事要商量，請不要打擾我們，絕對不要。」

張堅在南極探險家中的地位極高，看來每一個人對他的怪脾氣，都習慣了容忍，所以隊長仍然不斷地在說着：「是、是。」

張堅示意我和溫寶裕跟他離開，才一走出隊長的辦公室，他就壓低了聲音：「什麼也沒說？」

溫寶裕道：「沒有，沒有說。」

張堅吁了一口氣，帶我們，在走廊中轉了幾個彎，進入了他的房間，把門關好：「帶回來的東西，全都經過了處理，可以在七十二小時之內，保持原來的低溫。七十二小時，足夠我們到達胡懷玉的研究所了。」

他神情又興奮，又焦急，這實在是可以想像得到的。一個科學家有了那麼巨大的發現，對一個科學家來說，這個發現，等於進入了阿里巴巴四十大盜的藏寶庫。

溫寶裕在這時候，忽然問道：「如果……低溫不能保持，那會怎樣？」

張堅道：「當然會有變化。」

溫寶裕又有點焦切地問：「會有什麼變化？」

張堅攤開了雙手：「誰知道，任何變化都可能發生，因為我們面對的事，我們對之一點了解也沒有。」

溫寶裕的口唇動了幾下，看起來像是想說什麼。我感到他的神態有點奇怪，問：「你想說什麼？」

溫寶裕忙道：「沒有，沒有什麼。」

我感到這小滑頭一定又有什麼花樣，可是卻又沒有什麼實據，只好瞪了他兩眼，張堅道：「研究一有結果，就可以向全人類公布。」

他說到這裏，向溫寶裕望了一下：「是你和田中首先發現的，將來，這個巨大的發現，就以你和田中的名字命名。」

溫寶裕的臉陡然漲紅：「我……其實你早在海底冰層中已經發現了。」

張堅「哦」地一聲，轉問我：「我想我們不必再到海底去了，在海底冰層中不過是些破碎的肢體，而那個冰崖上，卻凍結着那麼多完整的，不知是自何而來的怪生物。」

我也同意不必再到海底冰層去觀察了，事情忽然之間有了那樣的變化，是開始時無論如何所料不到的。

張堅興奮得有點坐立不安：「那些生物的來源，只有兩個可能：屬於地球，或屬於地球之外。」

我道：「當然，不會有第三個可能。」

張堅道：「要斷定一種生物，是不是屬於地球的，其實也是很容易……」

我打斷了他的話頭：「不見得，因為至今為止，還沒有任何一種外星生物可供我們解剖研究牠們的生理結構。」

張堅瞪着眼：「可是結構如果和地球生物一樣，就可以有結論。」

我還是更正他：「可以有初步的結論。」

張堅並沒有反駁，因為這時爭辯沒有意義，重要的是研究之後的結果。

第二天，飛機來了，由我駕駛，飛離了基地，溫寶裕依依不捨，在飛機上他還在不斷地問：這次奇異的經歷，是不是可以由我記述出來？

張堅的心情非常緊張，自然沒有回答他。我則瞅了他半天，看得他有點心中發虛，攤了攤手：「算了，我只不過是說說而已，我知道，年輕人想要做一些事，總有人阻住去路。」

我又好氣又好笑：「小朋友，你還只是一個少年，不是年輕人。」

溫寶裕一副神氣活現的樣子：「那更不簡單，想想，我只是少年，已經有了這樣的經歷。」

他這句話，倒不容易否認，我也就悶哼了一聲，沒有再說什麼。溫寶裕一下唱歌，一下講話，興奮之極，直到被張堅大喝一聲：「閉嘴。」他才算是住了口，可是過了不多久，他又向張堅做了一個鬼臉：「張博士，你應該說：閉上你的鳥嘴。」

張堅也給他的調皮逗得笑了起來，伸手在他的頭上輕拍了一下：「小寶，你放心，這件事，從頭到尾，你都有份。」

溫寶裕大叫着，看樣子若不是飛機中的空間太小，他真的會大翻觔斗。

在紐西蘭，我曾和白素聯絡，所以，當我們抵達之後，一出機場，就見到白素和溫寶裕的父母。溫寶裕一見到他的父母，還想一個轉身，不讓他們看見，我伸手在他的肩頭上一撥，令得他的身子轉了一個圈，仍然面對着他的父母，這時候，他再想逃避，已經來不及了，他母親發出了一下整個機場大堂中所有人，甚至包括一切都為之震動的叫聲，已經疾撲了過來，雙臂張開，一下子就把他緊緊摟在懷中。

溫寶裕這個頑童，對於他母親那種熱烈異常的歡迎方式，顯然不是如何欣賞，在他母親懷中，轉過頭來，向我投來求助的眼色。

我笑着，向他作了一個「再見」的手勢，不再理會他們一家人，和張堅、白素，一起向外走了出去，耳膜兀自響着溫家三少奶尖叫「小寶」的嗡嗡的回聲。

上了車，張堅坐在後面的位置上，雙手仍然緊抱着那一箱「東西」，一上車就道：「最好能盡快到胡懷玉的研究所去。」

白素對我們在南極的遭遇，還一無所知，要是換了我，早已發出上千個問題了，可是她真沉得住氣，只是答應了一聲：「胡懷玉的情形，照梁若水醫生的說法是……」

她說到這裏，遲疑了一下：「不是很好。」

我和張堅都吃了一驚：「不是很好，是什麼意思？」

白素指着車中裝置的無線電話：「我想，你直接和她交談，比我的轉述來得好些。」

我轉頭向張堅望了一眼，張堅現出十分焦切的眼神，我拿起了電話，按了號碼，不多久就聽到了梁若水的聲音，我劈頭就問：「胡懷玉怎麼樣了？」

梁若水停了一停，才道：「他身體的健康，一點沒有問題，可是精神狀態方面……卻愈來愈糟。」

我有點責怪她：「你沒有對他進行醫治？」

梁若水道：「當然有，可是精神方面的不正常，連原因都不明，治療需要長時間。」

我忙道：「對不起，他現在的情形怎麼樣？」

梁若水遲疑了一下：「他間歇性發作，沒有事的時候，和正常人完全一樣，只是想法有點古怪……嗯，我不知道怎麼說才好，因為我對他以前並不熟，而且他也沒有精神病方面的病歷可供參考，那只是我的感覺，我感到他有很多古怪的想法，他以前不會有。」

我也大是疑惑，一時之間不是很明白梁若水的意思，我問：「例如什麼古怪想法？」

梁若水笑了起來：「例如有一次，他說他嚮往海上的生活，厭惡陸地上的生活，並且說了大量的話，表示在海上生活才真正無拘無束。」

我道：「他研究海洋生物，自然對海洋生活有一定的嚮往。」

梁若水停了一會，才道：「或許是，不過他間歇性發作的時候，會變得十分暴躁和孤獨，甚至有一定的破壞性，可是他又堅持工作。」

我「哦」地一聲：「還是每天到研究所去？」

梁若水答應着，我覺得沒有什麼再可問，只是道：「張堅和我在一架車中，要不要講什麼？」

梁若水又停了片刻，才低嘆了一聲：「代我向他問好！」

我也不禁嘆了一聲。梁若水和張堅的弟弟張強，感情如果順利發展下去，自然是很好的一對，可是張強卻在腦部活動受到了影響的情形下墮樓身亡，梁若水的低嘆和不願多說什麼的黯然心情，十分容易了解。

張堅在我身後，也低嘆了一聲：「和胡懷玉聯絡一下吧。」

我點了點頭，又按了研究所的號碼，可是得到的答覆是：「胡所長在工作，他工作時，不聽電話。」

我道：「請告訴他，我是衛斯理，還有張堅張博士，我們才從南極回來，要和他先聯絡。」

在這樣講了之後，又等了一會，才有了回答：「對不起，胡所長在他私人研究室中，沒有人敢去和他說話，他吩咐過，不受任何打擾。」

我問：「我們現在正向研究所來，難道到了研究所，也見不到他嗎？」

接聽電話的那位小姐相當幽默：「只怕沒有法子，胡所長就像是時間保險庫一樣，不到時間他自己出來，誰也見不到他。」

我轉頭望向張堅，張堅說道：「不要緊，到了，總有方法見到他。」

來。」

我一面放下電話，一面道：「自然，大不了破門而入，不必等他自己出來。」

白素瞪了我一眼，我知道她是在怪我，我指着放在張堅膝上的那隻箱子：「你知道這裏面的是什麼？要是耽擱了時間，低溫保持有了問題，誰也不知道會發生什麼事。」

白素仍然沒有發出任何問題，只是揚了揚眉，反正到胡懷玉的研究所還有一段路程，我就開始講述我們在南極的經歷，當然，只集中在我們見到了凍結在冰崖之中，千奇百怪，見所未見的東西那一方面。

由於我們的發現實在太驚人了，白素再鎮定，也不免現出駭異之極的神色來：「所有的東西，肯定是生物，動物或植物？」

張堅回答：「是，可是形狀之怪異，令人見了像是進入了魔境。」

白素呆了片刻，才道：「所有的生物，在一個從未見過的人來說，樣子都是怪異的……有的科學家，甚至想把動物和植物的特性混合起來，例如一隻角上會長出蘋果來的鹿，身上會長蔬菜的馬等等。」

我不由自主吞了一口口水：「那……還不至於這樣怪異。」

白素已經鎮定了下來：「既然不至於那麼怪異，總還可以接受。」

我和張堅都搖了搖頭，不是很同意她的話，也知道她之所以會如此說，是因為她未曾身歷其境之故。白素自己也感到了這一點：「照這樣看來，那些生物被凍在冰崖之中，已不知道有多少年了。」

張堅道：「是，我在海底冰層之中發現過牠們的殘骸，如果是同一個時期被凍結的，從距離來看，時間當以億年作單位來計算。」

我用力揮了一下手：「不論這些生物是哪裏來的，牠們總在地球上生活過，而一種突如其來的變化，使牠們置身於冰崖，從此被保存了下來，就像是琥珀中的小昆蟲。」

白素點頭：「這一點，毫無疑問。」她一面説着，一面轉了一個彎，車子已駛上了沿海的公路，再向前去不久，就可以見到胡懷玉的水產研究所了。她把車子開得十分快，顯然她也急於想看看那些「東西」究竟怪異到了什麼程度。車子來到研究所門口，我們和守衛講了幾句，就直駛了進去。然後，三個人一起下車，進入研究所的建築物，一直來到胡懷玉研究室的門口。

問了問職員，胡懷玉什麼時候會出來，全然沒有一定。我們可能在下一秒鐘可以見到他，也可能要在門外等候超過十小時。

我當然不主張等，於是，就用力拍着門，拍且不夠，還用力踢着，並且舉起一張椅子來，在門上用力敲打，發出驚人的聲響，只要胡懷玉有聽覺，一定會聽得到。

但即使如此，還是過了三四分鐘之久，才看到門陡地被打了開來，胡懷玉臉色鐵青，樣子盛怒，研究所的職員，早已遠遠避了開去，所以他一開門，就看到了我、張堅和白素三人，陡然怔了一怔，怒氣發作不出來，我不等他開口，一伸手，就把他推了進去，張堅和白素跟了進來，反手把門關上。

張堅立時叫：「低溫箱呢？」

我已經看到，曾被胡懷玉打碎的玻璃櫃，又已經有了新的，我就向之指了一指。

直到這時，胡懷玉才算是緩過氣來：「你們……幹什麼？」

我道：「我們在南極的冰崖之中，發現了一些從來也未曾見過的生物，帶了一點肢體回來。」

這是最簡單的解釋。胡懷玉一聽，面色變得極難看，張開雙臂，尖聲道：「把那些不論是什麼的東西毀掉。既然多少年來，這些東西都在冰裏面，就讓牠們繼續在冰裏。」

他這樣反應，真是出乎意料之外，張堅怒道：「你的科學研究精神到哪裏去了？」

胡懷玉用更憤怒的聲音回答：「科學研究，科學研究，根本不明白那是什麼，研究來幹什麼？我一個人受害已經夠了，你還想多少人受害？把冰封在南極冰層下的不知是什麼的東西全都放出來害人？」

我和張堅互望了一眼，我把胡懷玉自己認為已被不知什麼生物入侵了腦部的情形，向張堅說過，所以張堅也全然知道他這樣說是什麼意思。

張堅作了一個手勢：「我帶來的東西都相當大，是一些生物的一部分，絕不會復活。」

胡懷玉的神志，看來十分昏亂，但是在這時，他卻講出了一句令人無法反駁的話：「你怎麼知道在那些生物的肢體上，沒有附帶着看不見的，會復活的，會繁殖的有害的東西？」

胡懷玉這樣一說，我們倒真的怔住了，不知道如何回答才好，誰能否定他的話呢？一切全一無所知，什麼事都可以發生！

隔了片刻，在胡懷玉的喘息聲中，白素才道：「正因為如此，所以才要快一點將那些東西放進低溫箱中，不然，低溫不能維持，情形只怕更糟。」

白素的那幾句話，真是「以子之矛，攻子之盾」，立時有了效果，胡懷玉震動了一下，一言不發，轉過身去，忙碌地操作。

而張堅也已開啟他的低溫保持箱，等到胡懷玉轉過身來，張堅以第一時間，把低溫保持箱中的東西，一起倒進了玻璃罩。

那實在是無以名之的一些東西，當張堅在冰崖的冰縫中，收集這些東西的時候，只是揀可以折斷的，在冰層之外的弄了來，有的，可以稱之為一種生物的觸鬚，也有的，可能是其中的一些肢體，我和張堅，指着在玻璃櫃中的那些東西，胡懷玉看來鎮定，利用裝置在玻璃櫃內的機械臂，把那些東西盡可能分開來，而我和張堅，則盡自己的記憶和描述能力，講述着這些東西原來是生在什麼樣的東西的什麼部位，而我們怎樣弄下來的。

我和張堅的叙述，把白素和胡懷玉聽得目瞪口呆，胡懷玉道：「照這……照你們所說的情形看來，那些生物，有着高度的文明，會利用機械，你說有一些在一個容器之中？唉，真是不能想像，真無法想像……那是什麼樣的情景。」

我吸了一口氣：「我倒有一個模糊的概念，我覺得，唯有在容器中的怪東西，才是最高級的生物，其餘的都不是，那情形，就像是現在，有兩個人，坐在汽車中，在他們的附近是許多家畜或別的動物。」

胡懷玉指了指玻璃櫃：「在這裏……有那種最高級的生物在？」

張堅搖頭：「沒有，那麼大的一片冰崖之中，屬於衛斯理所說的那種東西，不過四個，全都在幾百公尺厚的冰崖內，只怕要利用原子能爆炸，才能把那麼厚的冰崖爆破，那是不可能的事。」

胡懷玉盯玻璃櫃中那些東西，吸了一口氣：「你想怎樣研究這些……東西？」

張堅和我互望了一眼，我道：「自然用通常的研究方法：切片，放大，化驗組成的成分，用X光作透視，小心解剖，等等。」

胡懷玉震動了一下：「如果那樣做，就必須在正常的溫度之下進行。」

我和張堅都不出聲，胡懷玉又激動了起來：「你們看看那些生物的肢體，在這上面，可能附有許許多多肉眼看不見的生物，那種肉眼看不見的生物，全然是人類知識所接觸不到的怪物，我已有確實的證據。我知道溫度若干程度的提高，這些生物會繼續生長，就在這間實驗室中，就發生過這樣的情形。」

我們靜靜地聽他說着，等他說完，張堅道：「那也沒有什麼不對頭！」

胡懷玉陡然向張堅望去，指着自己的頭部：「有一種不知名的東西，已經侵進了我的腦部，我有時甚至無法控制自己的行為，你還說沒有什麼不對頭？」

張堅伸手去按他的肩：「這只是你的想像。」

胡懷玉一下子用力，推開張堅的手：「不是，我知道不是。現在我只盼只害了我一個人，不要蔓延開去。」

張堅對胡懷玉的這種態度，有點不知所措，我向他攤了攤手，表示我也沒有辦法。

白素在這時，緩緩地道：「胡先生，你這種情形，醫學上稱之為輕度的精神分裂症。」

胡懷玉悶哼了一聲，沒有回答。白素又道：「這種精神分裂症，還沒有確切的病因可知，或許，正如你所說，是被某種人類對之全無所知的東西侵入了腦部所致。當然，這不是一個好現象，但是也不像你所想的那樣可怕，世上患輕度精神分裂症的人很多很多，可知那種不知名的入侵者，不單是從你的研究室中產生，事實上早已存在。」

白素所講的話，邏輯性相當強，胡懷玉一時之間，無法反駁，過了一會，他才道：「或許是，這裏面，可能有……更多的，人所不知的東西，肉眼看不見的微生物，可以造成多大的禍害，幾百年前，鼠疫橫掃歐洲，死了多少人！這些東西，不管是地球早幾億年前的生物，或者是從外星來的，如果讓一種不知名的細菌復活繁殖……」

他講到這裏，不由自主，打了幾個寒顫，可知他的擔心，是一種真正出自內心的恐懼。

張堅沉吟了一下：「如果你擔心的只是微生物的話，那倒也容易，可以先經高溫處理，再經過幾道殺菌的手續——」

胡懷玉一下子就打斷了他的話頭：「你所知的所謂殺菌處理，只是對付已知的細菌，怎麼可以肯定對完全不知的東西，也能將之殺死？」

我在一旁，聽得真有點忍無可忍，大聲道：「算了，簡單的切片研究，我家裏也可以做，不一定要在你實驗室中進行，你那麼怕，就當作完全不知道這件事好了。」

我一面說，一面拉過張堅帶來的低溫保持箱來，準備把玻璃櫃中的東西都放回去。

我發現再和胡懷玉討論下去，是一點結果也沒有的。誰知道胡懷玉冷笑幾聲：「你不能把這些東西弄走，大家都忘了這件事吧，如今世界不算可愛，但總是一個大家所習慣的生活環境，何必一定要起大變化？」

第十部

研究結果可供推測

在那一剎間，我怒不可遏，正想再說什麼時，胡懷玉陡然反手，扳下了一個紅色的鈕桿，我已經覺得不妙了，大叫起來：「你這渾蛋，你想幹什麼？」

但是，已經遲了，變化幾乎突然發生。

在那玻璃櫃之中，有紅光閃了一閃，接着，櫃中的那些東西，在幾秒鐘之內，就徹底消失，再接下來的變化是又冒起了一陣紅光，櫃下有一個裝置，向下沉了一沉，櫃中就變得空空如也。

張堅在那幾秒鐘之間，雙眼睜得極大，幾乎要哭了出來，我也不知說什麼才好。

胡懷玉沉聲道：「雷射裝置消滅了一切，希望是真正消滅了一切。」

張堅發出了一下帶着哭音的叫聲來，我忙道：「張堅，不要緊，那冰崖之中，有的是那種東西，再去弄幾噸來也不成問題。」

我實在氣不過胡懷玉不徵求我們的同意，就自作主張，把我們千辛萬苦弄來的東西，一下子就毀得一點不剩，所以才這樣說的，我不是不知道，再要到那冰崖去一次，並不是那麼容易的事，但至少，不是做不到。

張堅又是氣惱，又無可奈何地搖着頭。胡懷玉還不知道我們有多麼生他的氣，還對我們道：「我相信我的行為是對，就算研究出了這些生物的來歷，又怎麼樣，所冒的險實在太大。」

我不怒反笑，而且一本正經地告訴他：「胡先生，你最好從現在起不要吃任何東西，不然，噎死的可能性很大。」

胡懷玉在一呆之後，才嘆一聲：「原來你……你們還是不明白。」

我懶得和他多講，看起來這個人的精神分裂症，真還不止輕度，他對自己所想到的事情，竟然如此固執地相信，令人駭然。我打開了研究室的門，向外走去，張堅唉聲嘆氣，跟在後面，我拍着他的肩：「別嘆氣，你好不容易離開南極，我請你吃飯去。」

張堅搖頭道：「不，我這就趕回去。」

我早已知道這裏的情形發展成這樣，他是一定會心急着趕回去，可是卻未曾料到他會心急到這種地步，我呆了一呆：「我不想立刻就去。」

張堅翻着眼：「你是你，我是我。」他的這種態度，真令得我無名火起，是不是科學家就可以有這種不近人情的特權？像胡懷玉，像張堅，有時，真要一人給他們老大一個耳括子才行。

張堅卻還在喃喃地說道：「再取得標本，我就在南極基地進行研究。」

胡懷玉苦笑了一下：「小心忽然基地中所有人員，全都離奇……」

我實在忍不住了，大吼一聲：「閉上你的鳥嘴。」

我一面叫着，一面揚起手來，想去摑他。胡懷玉睜大了眼睛望定了我，叫了起來：「天！別是侵入了我腦中的那東西，也侵入了你的腦中。」

我又好氣又好笑，胡懷玉看出了我的神情，絕沒有把他講的話放在心中，他又十分難過地搖頭：「人對於自己不知道的事，總喜歡用自己有限的知識來作解釋，只有具大智慧的人，才能有突破。」

我沒好氣道：「好，祝你早日發現人會變神經病的病因。」

胡懷玉緩緩搖着頭：「沒有人相信，而我又無法把我自己的腦子解剖。這些日子來，我常一個人坐在海邊靜思，也茫然沒有頭緒。」

我和胡懷玉說話，張堅一副不耐煩的神氣，逕自向外走去，我吃了一驚，連忙跟了出去，才走出了十來步，就有一個職員急急走過來，衝着我們問：「哪一位是張堅博士？」

張堅答應了一聲，那職員道：「紐西蘭方面轉駁來的長途電話。」

張堅「啊」地一聲：「一定是基地有事找我，電話在哪裏？」

他跟着那職員，匆匆走了開去。當他離開南極的時候，以為會在這裏作相當時日的研究，所以留下了這裏的電話。白素來到了我的身後：「怎麼樣？」

我嘆了一聲：「我不想再去了，反正到那冰崖去，不是什麼難事，讓他自己去，我們等着他的研究結果好了。」

白素側頭想了一想，沒有什麼意見，胡懷玉居然不怕我再打他，送了出來。

我們向前走來，看到張堅自一間房間中，像是喝醉了酒，跌跌撞撞走出來，臉色灰白。我吃了一驚：「什麼事？」

張堅抹着汗道：「還不知道，外圍基地打來的電話，說是極地上發生了強烈的地震，已經知道有好幾股冰川突然湧高，我要立刻趕回去。」

我聽了也不免吃驚，只好安慰他：「南極那麼大，每天都有變化發生，不必那麼緊張。」在頓了一頓之後，我又道：「我不準備去了，你自己多保重。」

張堅失魂落魄地點頭，胡懷玉送出了研究所，還和我們一起送張堅到機場，最快的一班機也要在五小時之後，張堅卻一定要在機場等，我們只好陪着他。

在陪着他的時候，我看到警方的高級人員黃堂走過來，和我們寒暄了幾句，忽然又向我擠眉弄眼，暗示我過去和他講幾句話。

我跟他走出了十來步，他壓低了聲音道：「你可知道這位胡博士的上代幹什麼的？」

我怔了一怔：「是大商人吧，不然，哪會有這麼多錢來支持研究所？」

黃堂呵呵笑了起來：「隨便你猜，你也猜不到。」

我心中正在疑惑，白素的聲音已在我身後響起：「做海盜！那是他上代的事，他是不折不扣的科學家。」

我一聽得白素這樣講，真是嚇了一大跳，立時想起他住的那古老的屋子中那些如此精緻逼真的木船模型，那難道是他祖上的海盜船？

我已經夠驚訝了，可是黃堂的樣子，看來比我還要驚訝：「衛夫人，我花了不知多少功夫才查出來，你怎麼也知道了？」

白素笑了笑：「一位精神病醫生託我代查。起先，不過是想弄清楚他的上代，是不是有精神病的紀錄，結果卻查出他上代是橫行七海的大盜，不過早在七八十年之前就已經洗手不幹了。」

黃堂笑道：「佩服佩服，不過我倒知道，當年胡氏七兄弟橫行海上，殺了不少人，他們七兄弟之中，有四個，晚年雖然發了大財，想做好人，但卻受不了內心的譴責，發瘋之後才死的。」

這一次，輪到白素「啊」地驚呼了起來：「那就是說，他上代有神經病的紀錄！」

黃堂道：「可以說是。」

白素遲疑了一下：「因為過去做的壞事太多，晚年致瘋的人相當多，這……不能算是遺傳性的神經病吧？」

我道：「很難說，並不是每一個做多了壞事的人在晚年都會發瘋，可知發瘋者自有致瘋的因素在。」白素側着頭：「這……證明了什麼呢？」

我望過去，看到胡懷玉神情惘然地望着機場大堂之中匆忙的旅人，我道：「如果梁若水醫生有了這個資料，那至少可以證明，胡懷玉如今的病症自有由來！」

白素輕輕嘆了一聲：「也不能說胡懷玉自己的說法沒有道理，人類對於不明白的事，可以作任何方面的假設。」

白素所說的這個道理，我自然明白，黃堂也點了點頭，又說了幾句無關重要的話，走了開去，我道：「有機會把這一切告訴梁醫生，胡懷玉那麼嚮往海上生活，可能是他心理上對於上代是海盜的一種負擔，他一定十分羞於提起自己上代的事，所以就形成了巨大的心理壓力，使他有間歇性的不正常。」

白素笑了起來：「你快可以做心理醫生了。」

我笑道：「我說得不對嗎？」

白素又嘆了一聲：「誰知道。」

我和她又一起來到了胡懷玉和張堅的身邊，張堅才從電訊部門走回來，滿臉憂色：「詳細的情形還不知道，不過相當嚴重，唉，基地的情形不知怎麼樣了。」

他說到這裏，忽然罵了一句粗話：「他媽的，再沒有比地球人更落後的了，那麼小的一個星球，要去到星球的一端，就得花那麼多時間，巨型噴射機，算是什麼交通工具，哼！」

我苦笑：「有什麼法子，已經最快了。」

在接下來的時間中，張堅不斷去打長途電話，可是，也沒有什麼結果，好不容易可以登機了，張堅立時和我們揮手告別。

當我們三人走出機場時，胡懷玉才道：「衛斯理，你還在怪我？」

我輕笑了一下：「沒有。已經有很多人，一直在說我總是破壞着一切可以證明外星人存在，或是可以解決問題的物件，這次不關我的事，破壞證物的不是我，是你。」

胡懷玉嘆了一聲，愁眉苦臉：「可是據你們說，在那冰崖之中，還有成千上萬的這種怪物在，唉，我擔心的事情，總有會發生的一天。」

我陡然忍不住哈哈大笑了起來：「你放心，不是有消息來，南極發生了猛烈的地震嗎？說不定那冰崖已經徹底毀滅了。」

胡懷玉立時問：「真的？」

我道：「當然，不論在電影還是在小說，總是一句最重要的話沒有說出口來，那個人就死了。也總是什麼全都毀滅不存來作結局。」胡懷玉想了一想，喃喃地道：「這樣最好，這樣最好。」然後，他又長長地吁了一口氣。

我則不斷地笑着，胡懷玉有點氣惱，自顧自加快了腳步：「我自己會回去，你們不必理我。」

他截住了一輛計程車，就上了車，我向白素攤了攤手，白素搖頭：「他的擔憂，其實也不是全然沒有道理，你不該這樣取笑他。」

我道：「他的行為，使張堅不可避免地又要到那冰崖上去一次，那十分危險，張堅可能因之喪生。」白素沒有再說什麼。在我們回家途中，我問起白素在溫寶裕失蹤期間，溫家夫婦有沒有來煩她，白素皺着眉：「我甚至不敢在家裏，要離開自己的家，來躲避他們。」

白素説來輕描淡寫，但是我卻可以想像得出，這一雙夫婦，為了他們的寶貝兒子，是如何的驚天動地在找。

我把身子向後靠了靠：「這個小孩，他這次的經歷，足夠他回憶一生了。」

我們才一回家，老蔡就説：「有一個姓溫的小孩子，打過好多次電話來了。」

正説着，電話鈴聲又響了起來，我拿起電話來，就聽到了溫寶裕的聲音：「研究結果怎麼樣？」

我本來是想大聲叱責他的，但是整件事，他既然都參與了，當然也應該有權知道事態的發展，所以我答道：「帶來的一切，都被胡懷玉毀去，張博士已回南極，準備再去採集大量的標本來研究。」

溫寶裕「啊啊」地應着，我立時又道：「我很忙，希望你自己做你父母的好孩子，不要再來煩我，我不會再見你，也不會再聽你的電話。」

溫寶裕陡然叫了起來：「等，等，等……」

我不等他叫第二聲，就放下了電話，而且，拉斷了電話線，對老蔡道：「通知電話公司，換一個號碼。」

老蔡答應着，白素笑道：「他要是找上門來呢？」

我笑了起來：「我看他的母親不會給他這樣的機會，頑童再神通廣大，想跳出母親的手心，還是十分困難。」

白素也笑了起來，顯然想起了溫寶裕母親對兒子那種緊張。

接下來的幾天，從一些通訊社的消息中，知道了南極大地震。大地震發生在人口稠密的地區，才有人注意，發生在南極冰原上，根本沒有什麼人注意，所以報道也十分簡略。

我一直在等着張堅的消息，張堅知道我秘密電話號碼，他應該會和我聯絡，可是等了七八天，一點消息也沒有。

在那幾天之中，溫寶裕也沒有來找我，使我得以集中心神去做一些要做的事。我做的事，是盡可能去尋找各種古怪生物的圖片和資料，尤其是古代生物，絕了種的各種有翼無翼的恐龍，樣子夠古怪了，但是在外形上，總還有點迹象可循，不像是凍在冰崖中的那些怪物，看起來如此怪異。

自然，三葉蟲的樣子，也夠古怪，不過，那卻是低等生物。我也蒐集了不少科學家幻想着，由畫家畫出來的怪物的樣子，還真有角上長出蘋果來的鹿之類。在這期間，白素曾作了一項提議：把昆蟲，或是微小的生物放大來看看。

白素的建議還真有用，當我把一隻跳蚤放大三千倍，把螞蟻放大五千倍，把蚜蟲放大六千倍……之後，所看到的樣子千奇百怪，我想，當年溫嶠燃犀，所見到的千奇百怪，也不過如此了。

我在冰崖中見到的情形，可以說是大同小異，可是，冰崖中的那些怪物，本身就那麼大，是高級的生物，不是低等生物。

在一個星期之後，我還沉湎在種種生物的圖片時，門鈴響了起來，我聽到白素發出了一下驚訝的呼叫聲來，就自然而然，坐直了身子——能令白素發出這樣驚訝的聲音來的，一定是什麼不尋常的事。

我坐直了身子之後，聽得白素道：「他在樓上。」

接着，有人走上樓梯來，我一看到來人是什麼人，也發出了一下驚訝的呼叫聲：來的是張堅。

他的神態極疲倦，極失望，極憔悴而消瘦，我忙站了起來，張堅走進書房來，一聲不響坐下，雙手托住了頭，我忙道：「怎麼啦？別告訴我，你找不到那個冰崖了。」

張堅慢慢抬起頭來，雙眼失神：「不見了，整個都不見了。」

我一怔，「哈哈」笑了起來，可是笑聲卻十分乾澀。白素忙道：「是那次大地震？」

我更覺得好笑了，真的所有的小說都是這樣結束的嗎？可是張堅居然又點了點頭。

我指着他：「不會的，那麼高那麼大的一座冰崖，怎麼會不見？」

張堅道：「連那道巨大的冰川也改了道，冰崖消失在冰川之中，看起來，再過幾億年，或者可以流到海底去，就像我在海底見到過的一樣。」

我忙道：「不要緊，海底還有。」

張堅道：「那條我發現的潛航海道，也因為地震而被封閉，連我那艘潛艇，也不見了。」

我只好眨着眼，這時候，我的情形，一定十分滑稽，而我的心情也十分滑稽：什麼都消失了，什麼都不再存在了，哈哈哈，這不是一個「結局」嗎？

過了好一會，我才問：「那……怎麼辦？」

張堅陡地跳了起來，用十分可怕的聲音叫道：「我要把胡懷玉掐死。」

老實說，在知道一切全都不存在之後，我也有要把胡懷玉掐死的衝動，所以一聽得他那麼叫，我竟然不由自主，大點其頭。

張堅的面色灰白，喃喃地道：「一點也沒有留下，一點也沒有……只要給我一點點，至少也可以研究一下，弄清楚那些生物的來龍去脈。」

我難過地道：「你不會為了這樣的結果，而不再回南極去了吧。」

張堅苦笑着，搖着頭：「當然不會，但是……打擊太大，我需要休息。」

我和白素立時齊聲：「歡迎你在寒舍下榻。」

張堅嘆了一聲，抬頭看到了我書房中凌亂的許多圖片，他一看就知道我在研究什麼，又長嘆了一聲。

我開始把圖片收起來，大聲道：「好，這件事，已告一段落，誰也別去再想。胡懷玉的情形，彷彿有好轉，他的精神分裂症是遺傳性的，梁醫生說已有了可以控制的方法。」

張堅仍然恨恨地：「這王八蛋，應該把他關進瘋人院去。」

張堅真的十分疲倦，需要休息，他幾乎睡足了兩天兩夜，才開始活動，我也不去陪伴他，由得他自由行動，又過了幾天，我在客廳中和一個精通術數的朋友閒談，門打開，張堅直跳了進來，高舉着手中的一樣東西，尖聲叫着：「看，這是什麼？」

對於張堅的怪異神態，我比較習慣，可是我那位朋友，卻着實嚇了一大跳，看他望着張堅的神情，簡直把張堅當成了一頭春情發動的雄狒狒了。

這時，在張堅手中所舉着的，是一段黑漆漆的東西，也看不清是什麼。我那位朋友，在震驚之餘，倒也不失幽默，他道：「那是什麼？是日月神教，黑木崖來的黑木令？」

我還未曾從錯愕中定過神來，忽然又有一條比較矮小的人影，一閃而入，叫道：「不錯，有不服教主命令者，一律要吃三屍腦神丹。」

那人影還未站定，我就大喝一聲：「溫寶裕，你又來幹什麼？」

當然那是溫寶裕，笑嘻嘻地站定，有恃無恐，我想過去把他提起來拋出去，可是張堅卻一下子攔在他的身前，對我怒目而視。

剎那之間，客廳中亂成了一團，我那朋友看看勢頭不對，他是一個斯文人，哪經這樣的場面，雖然知道不會被餵食三屍腦神丹，若是混亂之中受了點傷，卻也不是耍的，所以他忙道：「我先告辭了。」

本來我還想挽留他，可是張堅已經把他手中的東西，直送到了我的眼前，而在那一剎間，我也看清了那是什麼。

而在那一剎間，我也呆住了，不顧得再去挽留那位朋友，由得他離去。在張堅手中的，是一根看來像是木棍也似的東西，可是上面，有着不少尖刺，那東西……那東西，毫無疑問，是來自南極那座冰崖之中，其中某一個怪東西的一截肢體，毫無疑問是！

我在陡地一怔之下，已經立即想到了這節東西的來歷，伸手向溫寶裕一指，大聲道：「哈！」

溫寶裕也道：「哈！」

接着，我真是從心裏高興，大笑了起來，張堅也高興地笑着，在我們的笑聲中，溫寶裕道：「我……想，好不容易有了這樣奇異的經歷，總要弄一點紀念品，所以我就偷偷藏了一截……」

他講到這裏，我陡地想起一件事來，又「啊」地叫了一聲。

溫寶裕作了一個鬼臉：「沒有，一藏起來之後，根本沒有經過低溫保持，一直到我回了家，才把它浸在酒精之中……一直到現在。」

我和張堅互望了一眼，溫寶裕鮮蹦活跳，顯然沒有受到什麼損害。這少年，真是膽大妄為之極，要是他偷偷藏起這截東西的經過，給胡懷玉知道了的話，只怕會把胡懷玉當場嚇死。

一切都不再存在之後，忽然之間又有了這樣一塊「東西」，我和張堅的高興，都難以言喻，但是想起這段過程中可能產生的危機，我和張堅互望，都不由自主，伸了伸舌頭。

溫寶裕的話又多了起來：「我也曾考慮過，這東西在正常的溫度之下，可能會發生變化，但一點沒有，看起來，整截東西是一種骨骼組織，或者是角質物體……」

我笑了起來：「犀角。」

溫寶裕吐了舌頭，我曾向張堅說過溫寶裕異想天開的行動，所以張堅也笑了起來：「就當它是可以洞察一切的寶物，我們當然不是燒它，而是要好好研究它。」

我把溫寶裕拉了過來，拍着他的頭：「你肯定這些日子來，沒有什麼變化？」

溫寶裕眨着眼：「沒有啊，都很好，就是給媽媽看得緊了一點，今天也是逃出來的，張博士來找我，給了我溜出來的機會。」

我向張堅望去，張堅道：「我悶得很，想起這小鬼頭倒還有趣，想去找他談談，誰知道有了意外的發現。」

溫寶裕自袋中取出了一張紙來，攤開，紙上簡陋地畫着一個奇形怪狀的東西，他道：「當我把這截東西拗下來的時候，我留意了一下整個怪物的樣子，大體上就像畫中的那樣。」

畫中的那個怪物，全然無以名狀，不必形容也罷，我們又歡談了一會，勸溫寶裕先回去，我也不等白素回來，立刻就和張堅，找了一家可以符合我們要求的化驗所，講好了借用他們的設備幾天，代價在所不計。

等到白素看了我的留言，來到化驗所的時候，我們的工作，已有初步的成就。

一有了一點結果，張堅就打電話向溫寶裕報告，我也不反對他這樣做，要不是溫寶裕這種並不值得鼓勵的行為，我們拿什麼來化驗研究？

我們在那化驗室中，工作了三天，大致上的結果是，那一截肢體，毫無疑問是角質的，就如地球上各種有角類動物的角，結構上大體相同，這一點，是從整個橫切面，在顯微鏡下觀察所得，其組織的層次是有皮、角柱和角鞘，皮膚相當厚。各個層次在顯微鏡下，可以清楚地看到細胞結構。

在化學成分的檢驗方面，找到了各種蛋白質，各種游離氨基酸，包括胱氨酸，鹼性氨酸、組氨酸、賴氨酸、精氨酸等等，也找出了這些氨基酸的分子數比值。還有醇類化合物，其中脈基丁醇的化學成分是：$HN=C/NH_2NH\ OH_2CH_2CH_2OH$。

由於這截東西曾被溫寶裕放在酒精中浸過，在浸入酒精之前，大約又經過他精心的洗刷，所以在這截東西上可以找到的附屬品並不是很多，只找到了一種類似樹膠狀的物體，化學成分是各種糖醛酸。

這並不能怪我們的化驗工作不詳細，實際上，如今地球上植物的樹皮中分泌出來的樹膠，也只知道化學上是屬於多醣類物質，結構還未為人知。我們有了這樣的發現，已經極不簡單。

自然，我們化驗的結果，有好幾十頁，若是全寫出來，單是那些像蜂巢般六角形的符號，已經要看死人，大家不必看小說，乾脆回教室去上化學課算了，所以，只是極簡略地提一提。只要能在簡略提到的結果中，達成結論就可以。

五天之後，我、張堅、白素和溫寶裕一起在我的書房之中（不敢請胡懷玉，怕他大驚小怪），所有的結果放在我們的面前，張堅道：「除非另外一個星球的環境和地球一樣，不然，我認為這些怪東西，全是地球上以前的生物，因為一切構成生物基礎的成分，如此相近。」

我早就有這樣的想法，所以立即表示同意，溫寶裕問：「多久以前？」

我道：「當然是某一次冰河期之前，這些生物，曾在地球上繁衍生活，而突然的變故，使牠們絕迹，我們甚至可以相信，這些生物，至少已經有一種，發展了高度文明，像如今的人類，但是終於敵不過整個生活環境的大變遷而完全消滅，其中有的，可能就是我們現在從地底下開採出來的石油，而只有極少部分，在堅冰之中被保存了下來。」

大家靜了片刻，溫寶裕又問：「會不會是一場戰爭？冰河期，大變化，會不會是一場戰爭造成的？會不會那些凍在冰中的生物，根本是被一種武器所殺死的？那種武器一爆炸，就化為玄冰，把所有生物全凍住了？」

這少年的古怪問題之多，真是層出不窮，這許多問題的唯一答案自然只是：「有可能。」幾億年，甚至幾十億年之前的事，有誰知道？

白素一直沒有什麼發言，直到這時才道：「也有可能是整個宇宙天體上出現的變化，譬如說，一顆彗星或者小星群，逸出了軌道，忽然與地球相撞，就足以造成地球上一切生物的毀滅，然後又在新的環境之中再衍生新的生物。」

我也只好道：「有可能。」

白素道：「最近美國有一位古生物學家，研究了大量軟體動物的化石，發現其中一種類牡蠣屬的軟體動物，在一億年左右之前，生態曾發生突變，化學成分也起變化，就是地球曾有過劇變的證明，那大約是白堊紀代時期。」

溫寶裕興奮地說道：「這樣說來，那些怪物，是上一代的地球生物？」

張堅道：「用『上一紀』，比上一代確當些，而且，也不一定是上一紀，可能是上兩紀，上三紀，上四紀……誰知道。」

溫寶裕長長吁了一口氣，向我望來：「這件事的經歷，值得一記嗎？」

我立時道：「值得，當然值得，太值得了。」

溫寶裕笑道：「讓我想一個名字，總可以吧，這件事的經過，就叫作……」

白素接上去：「叫《犀照》，一方面是由你燒犀牛角開始，一方面沒有你藏起一截來，不會有結論，三方面，紀念你曾見過許多怪物的祖先。」

溫寶裕拍手：「好，就是這個名字。可是，燒犀見鬼怪，這又是怎麼一回事呢？是不是……」

我沒有對他再問下去，就突然道：「溫太太，你來了，正好。」

溫寶裕大驚失色轉過頭去，雖然他看到了身後沒有人而大大鬆了一口氣，但是他那些古靈精怪的問題，暫時也就問不出來了。

（全文完）

衛斯理小說典藏版 37

犀照

作　　者：　衛斯理（倪匡）
責任編輯：　黎倩雲　　楊紫翠
封面設計：　李錦興
出　　版：　明窗出版社
發　　行：　明報出版社有限公司
　　　　　　香港柴灣嘉業街18號
　　　　　　明報工業中心A座15樓
電　　話：　2595 3215
傳　　眞：　2898 2646
網　　址：　https://books.mingpao.com/
電子郵箱：　mpp@mingpao.com
版　　次：　二〇二二年七月初版
I S B N：　978-988-8688-85-2
承　　印：　美雅印刷製本有限公司